落尘

孙向学◎著

南方出版传媒
花城出版社
中国·广州

图书在版编目（ＣＩＰ）数据

落尘 / 孙向学著. -- 广州：花城出版社，2017.1
ISBN 978-7-5360-8109-3

Ⅰ．①落… Ⅱ．①孙… Ⅲ．①长篇小说－中国－当代
Ⅳ．①I247.5

中国版本图书馆CIP数据核字(2016)第317443号

出　版　人：詹秀敏
责任编辑：李　谓
技术编辑：薛伟民　凌春梅
封面设计：视觉传达

书　　名	落尘
	LUO CHEN
出版发行	花城出版社
	（广州市环市东路水荫路 11 号）
经　　销	全国新华书店
印　　刷	佛山市浩文彩色印刷有限公司
	（广东省佛山市南海区狮山科技工业园 A 区）
开　　本	787 毫米×1092 毫米　16 开
印　　张	14.75　1 插页
字　　数	175,000 字
版　　次	2017 年 1 月第 1 版　2017 年 1 月第 1 次印刷
定　　价	32.00 元

如发现印装质量问题，请直接与印刷厂联系调换。
购书热线：020－37604658　37602954
花城出版社网站：http://www.fcph.com.cn

目录

上卷

1962 年前后的事

第一章

一

二傻婆气喘吁吁地爬上拐下，终于在漏水洞见到了二傻爹。二傻婆喜形于色，口气却埋天怨地：

"你妈麻屄哩，你也不看看啥子时候，还在这坎①耍啥子麻屄嘛！"

一看娘的脸色，二傻爹就晓得老婆生得顺溜，而且，肯定是个男娃。二傻爹大喜，将手上丈量田地的麻索②朝天上一甩，拔腿就想跑。

"哎——"土改工作队李队长吼一声道，"啥子事，看你慌里慌张的，田地不分了?!"

二傻爹腿一哆嗦，迈出去的腿又收了回来。他朝李队长尴尬一笑，说：

"家里头出大事了哩。"

"啥子大事，难道比分田地还大?"

二傻爹咧咧嘴，难为情说道：

"我老婆生崽了。"

---

① 这坎，桂西方言，这里。
② 麻索，桂西方言，麻绳。

"哦——"李队长紧绷的脸色松弛下来，旋而又唬道，"生崽事大，但你娘也不能说我们在耍麻屄呀，太粗鲁了。"

"哄——"在场的几十个男女老少，全都笑了。有人说：

"李队长哩，你不晓得，我们这坎耍麻屄是口头禅，随口就说的哩。"

还有人说：

"李队长哩，你还是个娃儿，你晓得啥子是耍麻屄吗？"

李队长不满二十岁，别说"耍麻屄"了，除了娘，连一次和别的女人正正经经的搂抱也没有。他脸腾地红了。随即又黑下来。他一本正经说道：

"都别扯鸡巴蛋子，工作工作！"

说毕，李队长望了一眼像杵棍杵在那里一动不动的二傻爹，又说：

"妈哪个麻屄，生崽的事大哩，你还不快点跟你娘回去？"

李队长是北方人。1949 年他在河北保定一家国立中学高三读书时，有一天学校来了几名解放军官兵，军官和校长嘀咕一阵后，校长就召集了全校师生大会。解放军军官站在石墩上，一手叉腰，一手挥舞，说了一大通，有几句李队长随时想起来，随时就在心里或脸上笑起来。大概意思是：全国马上都要解放了，各地需要大量有知识有文化的革命干部搞经济建设。特别是南方那个蛮荒之地，来者不拒，多多益善。南下大军就要像会下蛋的母鸡，走到哪里，下蛋到哪里！军官最后加重了语气，说：

"这是革命的蛋！"

学校早就有地下党活动，进步思想活跃。解放军军官一番话，群情激奋，一呼百应，全校师生，几乎全成了"四野"南下工作团①的队员。

打到桂西时，李队长这枚蛋终于下了下来，他成了云贵高原大山褶皱里隆西县玉里乡的乡干部。李队长有语言天赋，不用几天，当地话，特别是粗口话比当地人说得还要顺畅。

县长是桂西本地人，下来检查工作，了解了情况后，大为赞赏，表扬李队长说，深入群众，了解群众，和群众打成一片，这是最好的表现。县长一高兴，回去后不几天，任命书下来了，李本通，也就是李队长，刚刚二十岁，就当上了玉里乡的乡长。这是后话。

听了李队长的话，二傻爹如获大赦，一蹦两尺高，乐滋滋跟在娘屁股后回家。

走到半路，二傻爹停下脚步，对娘说：

"娘，昨晚我在黑湾沟安了铁猫②，我去看看夹着啥子东西没有。"

"快去快回。"

二傻婆头也不回地应了一声，丢下二傻爹径直迈大步往家里奔。

二傻爹在心里头笑，心想娘挂念家里头刚刚生下的孙子，比他这个当爹的还要甚哩。二傻爹心里头其实更急，恨不得长翅膀一下子飞到家看到儿子。不过，他又想，假使铁猫夹着了东西，今晚弄它一大桌，请李队长他们来整几盅，不是更高兴的事吗？如此一想，二傻爹便撒开双腿，向黑湾沟飞跑起来。

离黑湾沟还老远，二傻爹就从呼呼响的风里，隐隐约约听

---

① "四野"南下工作团，1949年1月，第四野战军急需大批干部随军南下，开辟新解放区工作。党中央和中央军委决定，批准第四野战军直接领导建立"南下工作团"。

② 铁猫，捕猎用的铁夹子。

到了野猪的惨叫。真是老天有眼！二傻爹大喜过望，从背在后腰上的刀壳里拔出砍刀，砍了一条比胳膊还粗的青枫木，直奔野猪的惨叫声而去。

一头差不多两百斤重的野猪，何止请一桌？二傻爹呼朋唤友，将四里八乡有头有脸的人都请到了。宴席从厅堂摆到院子里。吃客走一拨，来一拨，热闹非凡。

"这样的热闹情景，王家坳没有出现过哩。"

二傻爹既兴奋又感慨：

"今天不光是因为老子家生了男娃，还因为我们今天分了地主老财牛二爷的田地……"

李队长叭的猛一拍桌子，待桌子乱跳的碗筷杯盏停顿下来，方说："牛大财这个地主老财，郎个①还称呼他'牛二爷'呢？"

"对，对对对！"二傻爹惊愣片刻，复又眉飞色舞说道，"今天分了牛大财的田地，才是我们最高兴的一天！"

"不对，不对！"李队长想想，觉得不妥，纠正二傻爹道，"分牛大财的田地，昨天分，今天分，明天还要分。今天高兴，还是王老哥你得了个男娃崽，大家说是不是？"

"是哩——"

分牛大财的田地，大家高兴；二傻出生，大家也高兴；有肉吃，有酒喝，大家更高兴。这一天里，碰到这么多高兴的事，王家坳的人郎个不高兴到差点忘了自己姓啥子呢？大家一阵欢呼后，又纷纷举碗，一齐喊：

"碰了碰了！"

这晚就住在二傻家，铁定不回乡里了，李队长就不客气了，一碗二三两的苞谷酒，他一仰头，一口就一碗。喝上了头，李

---

① 郎个，桂西方言，怎么。

队长就管不住自己了，他说胡话，夸海口，四下里找人碰碗，主动出击：

"来来来，北方人怕南方人条卵，喝了！"

还说：

"脚踩王家坳，拳打牛背村，谁还敢碰?!"

王家坳自不必说，全村人倾巢而来。牛背村呢，是二傻娘的娘家，来的吃客亦有一大群。两村人怕你一个北方人？简直是笑话，说难听一点，是羞辱。于是两桌人一合计，采用一拨一拨上的车轮战术，对付势单力薄的李队长。李队长纵有三头六臂，几番下来，早就头重脚轻，灯盏摇荡，不辨东西南北。待到半个月亮爬上来，悬挂于树枝头时，李队长终于踉踉跄跄摸到牛栏边，一阵山呼海啸，呕吐不止。

有人喊："倒也倒也！"

有人跟着起哄："醉了个卵朝天！"

出乎所有人意料，李队长回过身，抹抹嘴角，口齿异常清晰道：

"拿把锄头来。"

二傻爹惊诧不已，找来锄头递过去，说：

"要锄头干啥子?"

李队长不答，又说：

"扯根树苗来。"

有人跑出院子，黑灯瞎火在野地里扯了一根树苗回来，二傻爹接过一看，说：

"泡桐。"

"泡桐好呀，长得快。"

说着，李队长几锄头将泡桐树种了下去，然后又说：

"王老哥，我希望你娃崽像这棵泡桐，快快长大。"

二傻爹也是喝多了。喝多了胆大，他一把抓住李队长的手臂，一副一不做二不休的样子说：

"李队长，干脆我儿子的名你也给起了。"

在场的人一听，纷纷跟着说：

"是哩是哩，李队长，给娃崽起个名吧！"

李队长似乎愣了愣，他想说，这郎个可以哩，给新生儿取名，在他的保定老家，不是亲爷爷就是当爹的，郎个能随随便便叫一个外人取名呢？李队长又担心他的拒绝伤了大家的心，你看人家，一个个眼巴巴望着他哩。他心一横，脱口说：

"取个小名吧，叫二傻！"

哄的一声，全场鼓掌热烈，叫好声不绝。

王家坳这地方，给新生儿取名，臭的就是香的，烂的就是好的，陈的就是新的，孬的就是乖的。二傻，不正是聪明吗？

李队长窃喜，心想，南方的王家坳与北方的保定，相距几千里，取名方式却如同一辙，真的不能算歪打正着。

二

泡桐树比二傻长得快，快多了。

二傻六七岁，长到他爹腰杆高时，泡桐树早就水桶粗，高过了屋顶。二傻喜欢爬这棵泡桐树。爬上去不是为了摘泡桐花。泡桐花当然好看，好看值啥子用呢，又不能吃。泡桐果也不能吃。不能吃却能背到公社的收购站卖了，换成钱。钱可以买水果糖。一分钱一颗的水果糖，桐果卖出去后，爹娘总会买几颗给二傻。收桐果的日子，二傻过年般高兴，他会爬到最高的枝丫上，将最后的一个桐果也打落下来。收桐果，一年只有一次呀。二傻喜欢爬，原来是爬得越高，望得越远，远到人从山坳那边走过来，还小小一点影子，二傻就看到了。

二傻喜欢爬这棵泡桐是为了望人，望李队长。

李队长，也就是李本通。李本通早就不是队长，早就变成了乡长。变成乡长后，又很快变成了公社书记。变来变去，二傻对他的称呼一直没变，从头到尾都叫"李叔"。

李叔职务变来变去，二傻爹也有了职务：王家坳生产队队长。生产队队长与公社书记的职务，相差甚远，一个在天，一个在地。这不妨碍李叔与二傻爹的交情。隔个个把月，李叔总要到王家坳转一转，就住二傻家。或者碰到赶场天，二傻爹去赶场，也去李叔家走一走。若是套着了野猪啥子的，赶来喝酒吃肉的更是少不了李叔。李叔每次来，总少不了给二傻带来几颗水果糖。弄不好，还会有一包又香又脆又甜的饼干。这样子，二傻能不差不多天天盼着李叔来吗？李叔来，有时突然，有时二傻爹先说了。不管突然还是先说，二傻爬在树上，总会第一个看到李叔来了。看到李叔的人影一出现在坳口上，二傻就会哧溜一声滑下树，一边高声喊着"来了来了，李叔来了"，一边就向山坳口飞奔而去。

盛夏的一天，二傻放暑假待在家里。

马草割够了，猪菜也剁了。院子里干干净净，去扫也只是扬起一层灰尘而已。二傻丢下扫帚，抬头望泡桐树。一点风也没有，泡桐叶一动不动。偶尔有阳光从叶隙间洒落，刺痛了一下二傻的眼。这天特别闷热，二傻觉得胸口憋着一口不顺畅的气。他想，爬到树上，或许能享到一点凉风吧。这样一想，二傻就嗖嗖几下，蹿到了树上。找一处能稳妥垫身子的枝丫躺下。这时，二傻不经意间突然想，李叔好久没来了。他掰手指头一算，李叔没来，好像不止两个月了呢。这期间，二傻当然问过爹。爹说你李叔忙，经常去县里头开会哩。县里头？哈呀，那是多么遥远的地方呀。此刻，二傻又在想，今天李叔是不是又去遥远的县里头开会了呢？或者，李叔会不会今天到王家坳呢？这样一想，二傻就抬起身，撩开挡了他视线的两片泡桐叶，向山坳口望去。这一望，二傻惊喜得差点掉下树来：李叔的人影出现在山坳口！

这次李叔来，带给二傻几颗玻璃纸包的花生酥糖。二傻从来没见过这么精美的糖纸。这么又香又酥的花生糖，二傻更是闻所未闻，见所未见，更别说吃了。二傻一嚼，整个村子都闻到香味，惹得一伙娃崽跟在二傻屁股后头转，巴望得到二傻一点恩赏。

李叔这次来，带来惊人的消息：大炼钢铁了！

三

二傻婆扯了几把猪菜，感觉热得背里头像有针扎，胸口憋得难受，气都喘不顺畅了。以前没碰到过的哩。二傻婆伸直腰，捂胸口，抬脑壳看了看日头，心想，莫非要碰到啥子倒霉的事？

那一天，二傻婆不幸就碰到了倒霉的事。

二傻婆多管闲事。她打猪菜打得好好的，突然看到一只山雀被蜘蛛网网到了。小山雀可怜地叫着，挣扎着，它越动弹越被网得牢，一直蹲在一边看热闹的那只绿头蜘蛛龇牙舞爪，麻利地扑上来。眼看小山雀难逃灭顶灾难，二傻婆抽过一条木棍，把那只绿头蜘蛛打落了下来。获救的小山雀破网弹出，啁啾一声远远而去，二傻婆却被打落到了地上的绿头蜘蛛恶狠狠咬了一口。

"妈哎——"二傻婆惊叫着低头一看，那只脑壳泛绿光的蜘蛛，撅着屁股，咬着她的脚指头甩都甩不掉。二傻婆一巴掌打下去，将那只蜘蛛打了个稀巴烂。二傻婆一口气还没有松下来，又"妈哎——妈哎——"叫起来，她感觉从脚指头一直火辣辣痛到了心尖上。

二傻婆活了六十多年，见过许多奇形怪状的蜘蛛，咬了她一口的这种绿头蜘蛛却从来没有见过。她想了又想，终于想起来，她很小的时候，她姥爷曾告诫她，上山时莫要乱钻，有种绿头蜘蛛毒得很，能咬死人哩。当时倒是把二傻婆吓坏了，以后五六十年过去了，何时听说过有被蜘蛛咬死了的事呢？蜘蛛能咬死人，早被二傻婆忘到了脑壳背后。现在就不同了，脚背火辣辣钻心痛，像打气一样，一下子肿到了脚脖子。二傻婆急火起来，猪菜也不打了，"妈哎妈哎"一路叫唤着赶回了家。

阳光一抹抹，一块块从峒子间移挪到了山腰上，再等一会儿，它们从山巅全部消失后，天就快要黑了。

二傻从教室出来，看到老六他们打泥巴仗，难得二傻没有满地去找泥巴，他将他婆缝制的土布书包挟在大腿上，火烧火燎就向家中跑。

"二傻，日头还没落山，你这么急回家干卵？"老六在二傻的背后高声喊。

歪嘴跟着老六起哄，喊：

"二傻，你今天敢跟老子打泥巴仗，老子两泥巴就整死你。"

要是往时，二傻早就一肚子火，和老六他们打个天昏地暗了。今天不同，从下午开始，他的心里头慌慌火火，就等着放学，好赶紧向家里赶。

"你们等着，老子明天再收拾你们。"二傻一边说，一边脚不停地往家里跑去。

从学校到家，有八里地，二傻马不停蹄跑了过来。离家门还老远，二傻看到他爹耷拉着脑袋，满眼都是焦虑，在大门口走来走去。

一见二傻进了院门，二傻爹就冲二傻吼：

"郎个搞的？日头落山了你还没到家，路上耍啥子麻屎去了？"

二傻抬头望望山巅，见还有一抹残阳挂在那里，况且自己一放学，就没命往家赶，并没有去耍啥子麻屎，就有些委屈地说：

"爹，我是一放学，就急火火跑回家的哩！"

"莫说了，爹知道你路上没贪耍。"二傻爹自然知道二傻这天回来得早，他缓和了语气，抚了抚二傻的头，"你婆挨毒蜘蛛咬了，痛得很哩，你快到牛背村叫牛郎中来给你婆睎睎①。"

二傻哦了一声，晓得自己郎个放学后不和老六他们打泥巴仗，而是拼命往家赶的原因了。他进到屋里看到婆躺在堂屋的懒人椅上，一双手痛得都发抖了。

见到二傻，二傻婆妈哎妈哎又叫唤了几声，说：

"二傻哩，婆痛死了哩，郎个办办哩？"

二傻蹲到他婆身边，轻轻摸了摸他婆那条又红又肿的脚杆，心痛得泪水在眼眶里打了几转，说：

"婆你挺一挺，这杆子②二傻就去叫牛郎中，牛郎中一来，婆的脚杆就不痛了哩。"

二傻天天晚上钻他婆的被窝睡觉。哪天晚上他婆走亲戚没回来，二傻就睡不着。二傻爹有时偷偷塞点好吃的东西给二傻婆，二傻婆又把这好吃的东西偷偷塞到了二傻的书包里。这么

---

① 睎，汉语词典的解释为瞭望、仰慕。云贵高原某些地方的方言里，睎只有看的意思。

② 这杆子，桂西方言，这会儿。

好的婆，现在在受罪，二傻能不心痛、不着急吗？二傻出门又是一下子也不歇歇，一口气又从原路跑回了牛背村。

这时，大队小学前的稻田里，老六、歪嘴他们几个分成两伙，相隔个三四十米，泥巴仗打得满天都是泥块在飞。

见到二傻，老六他们停下了打泥巴，老六喊：

"二傻，老子说你跑啥子卵吗，现在不是又回来了？快点过来，你加到哪伙里头？"

"我婆挨毒蜘蛛咬了，我是来叫牛郎中去给我婆睎睎的。"二傻大口大口喘着气说。

"咬得恶不恶？"歪嘴问。

"恶哩，我婆痛得都叫妈了哩！"

"我刚才看见牛郎中牵马往沟里去了，我帮你去喊，你等一竿子①。"老六说罢，手掌做喇叭，高声喊：

"牛郎中大叔——二傻他婆挨毒蜘蛛咬了哩，你快点回来，去睎——睎——"

四

牛郎中看了二傻婆的脚杆，惊得吸了几口冷气。他说他从来没有见过蜘蛛能把人的脚杆咬成这个样子的，看来毒性大得很。牛郎中将随身带来的几种草药捣碎了，敷到了二傻婆的伤眼上。

牛郎中的草药敷了几次，二傻婆仍然妈哎妈哎痛苦叫唤。挨了几天后，牛郎中无奈了，他骂自己是狗日的，没本事，要二傻爹快把二傻婆送去公社卫生院。

---

① 一杆子，桂西方言，一下子。

公社卫生院离王家坳有三十几里地，之间是一条骡马慢走时，大意也会失前蹄的山间羊肠小路。二傻婆脚杆都肿到大腿根了，要是坐骡马走，颠都颠死呢。二傻爹砍来两根粗毛竹，将懒人椅捆牢在竹竿上，叫来几个亲戚，要把二傻婆抬到公社卫生院去。

那天是礼拜天，二傻不用上学，他见爹和几个叔伯将他婆背到懒人椅上，抬起架子要走时，说：

"爹，我也去。"

二傻爹眼一鼓，说：

"你去干啥子？几十里路哩，你娃崽家，莫给老子添乱。"

"去年我不是去过公社赶场吗？来回一个人走，还走在你前头，给你添乱没有？"二傻理直气壮说。

见二傻顶嘴，二傻爹来火了，他举起巴掌，说：

"你嘴巴硬是不是？老子一巴掌下去，看你狗日的还说不说得话。"

这时，二傻婆被抬了起来，架子吱吱嘎嘎响，她挨颠了一下，痛得又妈哎妈哎叫，她见二傻爹举手要打二傻，赶紧停下了叫唤，说：

"你打二傻一下，老娘我就不去公社卫生院了。"

"这个娃崽嘴巴恶①得很，不打一下他不会听话哩。"

二傻婆不理二傻爹，对二傻说：

"二傻哩，你婆是去睄脚杆，不是赶场哩，你去不好耍哩。"

"我晓得哩。"二傻说，"我光②是想，一路上有好多牛屎泡③，我捡了给婆吃哩。"

---

① 恶，桂西方言，厉害。
② 光，桂西方言，只是。
③ 牛屎泡，一种荆棘上结的果实，色浅红或嫩黄，味甜略带酸，汁多。

听了这话，二傻爹不再鼓眼，说：

"好好好，你去你去。"

二傻像只猴子，三两下就爬到了泡桐树上，扯下两张宽厚的泡桐叶。他要用泡桐叶卷成一个大喇叭，装牛屎泡给他婆吃呢。

日头还没挂到天中央，二傻跟他爹一行赶到了公社卫生院。

一个穿白大褂、戴眼镜的女医生，在二傻婆跟前忙一阵子后，责怪二傻爹说：

"你郎个搞的嘛，老人家再晚来两天，就是锯掉这条腿，说不定还保不住命呢。"

二傻爹在女医生面前温顺得像只绵羊，他低声下气哀求说：

"大慈大悲的医生哩，我娘刚刚六十岁哩，还不能死哩，你救救她吧，我们一家都给你下跪磕头哩。"

女医生扶了一把真的就想下跪的二傻爹，哭笑不得，说：

"你郎个搞的嘛，一个大老爷子，郎个说跪就跪了？我没有说你娘没得救了嘛，我是说你娘再晚来两天，才说不定没得救的嘛。"

女医生这么一说，二傻爹腿又一软，差点又跪了下去，他说：

"哎呀呀，哎呀呀，我娘的命就靠你了。赶①明天我给你背一背篓红苕来，我们王家坳那山旮旯里种的红苕甜得很哩。"

女医生又是哭笑不得，说：

"红苕莫要背来，你娘我给你医好。"

这时，日头到了天中央，该吃晌午了。二傻和几个叔伯出到门边，吃二傻娘天没亮就起床蒸好的苞谷粑粑。刚吃饱，二

---

① 赶，桂西方言，等。

傻爹出来，哭丧着脸说：

"医生说娘要住院打吊针，我陪娘，你们都返回去吧。"

二傻嘟囔了一句，想说他也留下来陪他婆，旋即又想，明天要上学，而且他刚才也听女医生说了，住院一晚要两角钱，陪病人的也要一角钱一晚，一晚就是两斤多盐巴的钱，数目吓人哩。二傻不敢多说，和几个叔伯，回王家坳了。

女医生的能耐，是把二傻婆的那条脚杆消肿了。毒蜘蛛咬的地方溃烂，手指头大的洞眼郎个也合不拢，照样流脓流血，二傻婆照样妈哎妈哎叫唤。

住了十多天的院，二傻婆问二傻爹：

"娘住院花了多少钱？"

"不多不多。"二傻爹一听就明白娘的意思，赶紧安慰娘说，"带来的钱够花哩，你就安心住院吧。"

"娘要你说实话，这次住院，总共用了多少钱？"

二傻爹见二傻婆一脸的严厉，知道瞒不下去了，吞吞吐吐说：

"真的不多，总共不到二十块。"

"妈哩，二十块还不多哩，你妈麻尻哟，二十块还不多哩！"二傻婆惊叫着弹跳下了床，吸着冷气，不容置辩说，"回家，我要马上回家！妈哩，我这条腿杆值二十块钱哩，麻尻的，两块钱也不值哩。"

女医生私下里早和二傻爹说了，说她用了青霉素，用了阿司匹林，啥子好药都用了，治不彻底，她也没有办法，不如出院，回家慢慢调理。二傻爹不愿看到他娘伤不好就回家，他心疼哩，他还怕别人说他不孝。现在是娘坚决要出院，二傻爹就顺着下了台阶，同意他娘出院了。

二傻婆出了院，二傻爹又后悔了。没有住院时，二傻婆的脚杆肿得吓人，最多妈哎妈哎叫唤几声。出了院，脚杆不肿了，却碰不得了，一碰，她杀猪般扯着嗓子号。号得一家子人又是心痛可怜，又是心烦讨嫌。

二傻不和他婆睡了，他睡觉不老实，喜欢踢墩，怕一脚踢到了他婆的脚上，那就不得了了。况且，他婆瘦得只剩几根骨头和一张皱巴巴的皮，她眼窝下塌，眼珠子久不久泛几丝阴森森的光。

二傻觉得他婆像鬼，怕哩。

大家都绝望，认定二傻他婆奔赴黄泉的日子不多了。这时，村子里来了一个斯斯文文、白白净净的游医。

游医姓宗，大家都称他为宗游医。

宗游医到王家坳来，还是牛背村牛郎中叫来的呢。

牛郎中对宗游医说，王家坳有个被毒蜘蛛咬了的老婆子，他医不好，公社卫生院也治不了，好几个月了，在等死呢。牛郎中问宗游医，敢不敢去医一医。

宗游医笑笑，不答，径直上路到王家坳来了。路上宗游医在路边扯了十几种在别人看来没啥子用的藤藤草草，塞进随身带的挎包里，等他走完了从牛背村到王家坳的八里地，挎包塞得满满当当的。

在二傻家，宗游医讨来一个鼎罐，将一挎包藤藤草草倒进去，熬了一盆墨绿的汤水，端到二傻婆的床前。他不嫌二傻婆脚上的恶臭，扯过来浸泡到了汤水里，亲手给二傻婆搓脚板。

脚板刚浸泡到汤水里，二傻婆鬼哭狼嚎般叫起来。叫了几声，不叫了，哼哼哟哟的，有了享福舒适的韵味。那晚她甩甩脚杆，没了很痛的感觉，便不再在床头的瓦盆里屙尿，无须搀扶，自个到后院的茅坑去了。

隔天宗游医上山，又扯回半背篓的藤藤草草，熬成汤水后给二傻婆再浸泡脚板，等泡了一个来钟头，二傻婆抽起脚杆，只见脚背上的腐烂肉早已脱落，露出了一片红嫩的鲜肉。再隔数天，宗游医又上山，又扯回了半背篼的藤藤草草，熬成汤水给二傻婆第三次浸泡脚板之后，二傻婆行走自如，上山割猪草去了。

奇迹如风，一下子就吹遍了王家坳和四周的村寨。在人们的嘴里，宗游医成了华佗再世，专治疑难杂症的神医。而且，宗游医肚子里竟有那么多的故事，从"桃园三结义"到"火烧圆明园"，叫二傻这伙娃崽听得如痴如醉。那段时间公社搞炼钢场，二傻爹和村里绝大部分劳动力都被抽到公社炼钢去了，没有了家长的管教，二傻和像他一般半拉子大的娃崽一放学就围着宗游医转，听他讲故事，帮他上山扯藤藤草草，还到山坳里套山鸡挖竹鼠，整到了就送给宗游医，让他补身子。

进入冬季，云贵高原冷得人的脚杆发麻，耳朵红肿，双手瘙痒，无事闲着，到火塘边烤火是最好的去处。那时候，宗游医是哪家有了病人就住到哪家去，没有了病人，就住到二傻家。二傻爹去公社炼钢前，将西厢房里的破烂清理了出去，安了一张床，二傻娘抱来两捆稻草，铺垫了厚厚一层。宗游医睡得舒服，就有点舍不得离开，就算有了病人，离二傻家不很远，宗游医还是住在二傻家。那段时间，天黑后，吃过晚饭，半拉子大的娃崽往二傻家跑，从公社炼钢场临时回来的大人，也往二傻家跑。一边在热火灰里爆苞谷花烤红苕芋头，一边听宗游医摆龙门阵①，真是一种享福休闲哩。

灾难突然降临了。

二傻和他表哥到山上挖到了一窝竹鼠崽，有六只，放到鼎

———————
① 摆龙门阵，讲故事的另一种说法。

罐里煮，盖子差点都盖不上。那晚宗游医不知去哪里整来了半葫芦苞谷酒，他一块香喷喷的竹鼠肉送一口火辣辣的苞谷酒，那个美样子，二傻看傻了。

二傻突然想到了他爹。他爹上个礼拜回家挑粮，说在公社炼钢苦人哩。一个在公社炼钢苦人，一个在家里喝酒吃竹鼠肉享福，有点不合理。这样想了，二傻就对宗游医说：

"我爹说毛主席号召大炼钢铁，现在全国上上下下都在炼钢哩，你郎个就不用去炼钢呢？"

宗游医把送到了嘴边的酒碗放了下来，沉默良久，答非所问：

"你们说说，垌子下边那片苞谷熟了没有？"

"早熟了哩。"二傻的表哥抢着回答，"但劳力都到公社炼钢去了，家中老的老，小的小，收不及时，猴子偷吃，野猪糟蹋，秋雨沤烂，早没得了哩。"

"那片苞谷算啥子？"二傻痛心疾首的样子说，"漏水洞那块糯谷才可惜哩，没人收，伏到地头都冒芽了！我爹他们郎个去炼钢一去就那么久？"

"要有天灾人祸了。"宗游医把酒碗轻轻放下，重重叹了一口气，"钢铁是那几个土窑炉能炼出来的吗？自己骗自己哩。钢铁炼不出来，地里的粮食又没人去收，赶明年不晓得要发生啥子事了呢。"

屋外在刮大风，冰冷刺骨的风硬是从木板缝里挤了进来。二傻他们一阵哆嗦，又一阵哆嗦，一个个噤若寒蝉，大气都不敢喘。

五

那晚听到宗游医说"要有天灾人祸了"的，还有二傻的堂叔。二傻这个堂叔回来挑粮，第二天天一亮挑粮赶去公社炼钢场。

二傻堂叔郎个晓得宗游医说的这句话是反动言论呢？他挑粮回到公社炼钢场，逢人就说：

"宗游医说，要有天灾人祸了哩。"

不到半天，就有觉悟高的人把这句话传到了炼钢场指挥部，公社书记李本通那里。李书记立即传唤了二傻堂叔。一见二傻堂叔，李书记桌子一拍，大骂道：

"你妈麻屄，你晓得你散布的是啥子言论吗？是反革命言论！老子叫人把你捆了拿去游街，看你狗日的还敢不敢乱说。"

二傻堂叔双腿像筛糠，嘴唇哆哆嗦嗦合不拢，一泡尿不争死，滋的射了出来，顺着脚杆流到地上，洇湿了一大摊。李书记见状，怕吓气二傻堂叔，缓和口气说：

"你怕啥卵？说一说，那个宗游医，在王家坳、牛背村活动多久了？"

二傻堂叔添油加醋，说宗游医说了"要有天灾人祸"，还说"这个世道要变了"。

李书记气得火冒三丈，桌子被他拍得差点散了架。他咬牙切齿，指着公社武装部罗部长的鼻子骂：

"你拿枪是干啥子鸡巴用的？王家坳出了现行反革命分子，你晓得不晓得？"

当天晚上，几个持枪的武装基干民兵，在罗部长的带领下，把宗游医堵在了二傻家的火塘边。

"哪个是宗游医？"

罗部长指着火塘边的五六个人厉声问。宗游医是城里人，好认。罗部长吼罢，一双眼就逼视到了宗游医身上。

冷不丁看到两杆枪对准了自己，宗游医惊得屁股一挪，差点跌到地上。按理说，宗游医怕啥子？他是县城中医世家的嫡孙，在城里待闷了，下到农村来行行医，救死扶伤，有啥子错的？动不动被扣上帽子拿去游斗，拿去枪毙的事情他见多了，也怕了。怕了就自危了，自危了就言行谨慎，担心自己啥子时候也出了差错。"差错"偏偏找上门了。宗游医脑瓜子骨碌转了一转，一时想不起自己的"差错"在哪里。他差点吓破的胆又壮了起来。他看二傻他们一个个像大冷天掉进粪坑刚爬出来的老鼠，缩头缩脑抖成了一团，便有了气。他霍地站起来，说：

"我就是宗游医。有啥子事跟我说，莫拿枪比比画画的，吓着了娃崽。"

"喝，你狗日的就是宗游医呀？"罗部长破齿冷笑，手一挥，"给老子捆了！"

两个五大三粗的民兵手到擒来，不容宗游医有半点挣扎，用一条指头粗的麻索把宗游医捆成了一个粽粑样。

二傻惊魂甫定，一头扑了上去，扯住了宗游医的衣袖，大声道：

"宗游医是好人，我婆就是他医好的，老子不能让你们把他捆走！"

几个娃崽亦扑了过去，同声喊：

"不准捆走宗游医！"

"呵呵，你们这帮鸡巴毛没有长的娃崽，想造反了是不是？"罗部长扬手打落了二傻抓宗游医衣袖的手，"等杆子一起把你们捆了，送公社去。"

罗部长手重，二傻手杆麻麻痛，他一边搓手，一边大声嚷嚷：

"你们凭啥子抓人？"

"凭啥子？就凭他到处散布'要有天灾人祸''世道要变了'这样的反革命言论。"

"我没有说这些话！"宗游医挣扎着昂头争辩道，"你们这是诬陷，是造谣，是害人！"

"你嘴巴硬是不是？"罗部长挥挥手，"老子一巴掌把你狗日的牙齿整落几颗下来。"

罗部长高高扬起的手并没有打到宗游医的嘴巴上，他放下手，打亮手电筒，说声"带走"，便带着几个民兵，将宗游医连夜押回公社了。

"反革命言论"吓傻了二傻。宗游医散布了反革命言论吗？二傻蒙了，不晓得郎个去争辩了。他眼巴巴看着宗游医一行人消失在了黑幕里。

二傻的堂叔叫王财贵。二傻爹过后将堂弟痛打一顿，叫他在床上躺了三天才下得了床。二傻心里舒服了一些，谁叫这个王财贵害了宗游医呢？

宗游医在公社游了一天街，被押到县里，又游了两天街。后来被押到了地区，地区怎么整他，就很少有人晓得了。只听说他劳改去了。

第二章

一

公社炼钢场散伙了。

散伙那天，李书记说：

"上头来了专家，说我们炼的钢铁啥子卵用都没得，都是废钢铁。既然啥子卵用都没得，不如散伙回家。回家吧！"

李书记挥手说完最后一句，转身走了。

有人说李书记转身时落泪了。全公社一千好几百男女劳力挤到这山坳坳里，蹲了大半年，十几个山的树木砍光了，十几个土窑炉没日没夜烧，把几乎家家户户的鼎罐铁锅锄头犁耙全砸碎了扔进去，结果烧出啥子卵用都没得的废钢铁，还吃去了几十万斤粮食，李书记心痛哩。

按二傻爹的说法，他们这帮"笨卵"，心早在砸鼎罐时就痛过了，家中积蓄几年的粮食被集中起来吃光了，碰到灾年郎个办？开春早已过去，别说插种了，连翻田地、撒基肥这样的活都还没做。

李书记还在心痛落泪，二傻爹他们早就不管不顾，一个一个赶到他们住了大半年的窝棚里，卷了铺盖，赶回各自的生产队里去了。

"人祸"不敢乱说，"天灾"如期而至。

这一年还刚刚入春，要是往年，云贵高原这山旮旯里，天还冷哩。这杆儿的日头，硬是像了六月，热辣辣从早上晒到了晚上。一朵云也没有，一丝风也不吹，就见个火球样的日头把老树叶都晒蔫了。

王家坳水田不多，就那么十几亩在几座山围成的垌坝里，不落雨，田边蓄水的几个囤箩大的山塘旱得见了底，底下有几只干死了，只剩空壳壳的癞蛤蟆。一担水要到七八公里远的老卡子山洞里挑，要想挑水来种这十几亩水田，等于是白日做梦。水田种不了就种坡上的旱地。旱地一锄下去，冒一阵白烟，一两尺了还不见湿土，播下种子别说发芽了，烤都要被烤熟了哩。

二傻爹是生产队长，眼看粮食种不下，又实在没有办法，只能整天乱骂，骂到嘴唇起了一个个白亮亮的泡。二傻爹乱骂，主要原因是吃不饱饭，别说吃饭了，就是捞了大半野菜的苞谷糊糊也喝不够，整日里就是饿，就是想吃。他十分怀念去年一天三四餐往肚里猛撑干饭的幸福时光。那时李书记说共产主义马上要来到，来到了就整日吃香喝辣，还有楼上楼下电灯电话，总之有啥子福可以享就享啥子福。二傻爹被李书记说得心花怒放，激动得就像这幸福时光隔天就到了。这个"笨卵"郎个就不想一想，"吃香喝辣"能从天下掉下来吗？能王家坳生产不出来，李书记就派人送来吗？送条卵！还把你的粮拼老命往外调呢。去年炼钢铁，李书记哄他，说隔年共产主义一到，啥子好东西没有？你那点粮还留着干啥子？炼钢场一天干十几个小时重活，饿得要命，经常只有干菜汤送饭，肚里没有油水，寡，饭就吃得多，就是妇女，一餐也能整下去一两斤，真的是"大肚皮，三斤糯米不够吃"。反正共产主义马上来到，家中还存粮干啥？二傻爹听信李书记的话，叫家家户户把存粮都搜刮干净，挑到了公社炼钢场，和别的生产队搞"共产主义"了。

"妈那个麻尻,真的笨卵了!"二傻爹拄着锄头把,仰头望着日头骂道,"晓得今年旱得连一颗苞谷都种不下去,去年往肚里整那么多干饭干啥?"

二傻爹不敢骂李书记,只能骂自己了。

王家坳原来是个余粮队,碰到灾年,红苕捞苞谷煮的稀饭还是能够吃得饱。今年这个灾年搞到后头,捞糠捞野菜的苞谷粥,稀得照到了人影。人人都饿得整日流清口水,走路像踩棉球。

王家坳的人像没了头的苍蝇四下里乱窜,借粮的,扯野菜的,挖山苕的,烧马蜂的。一伙汉子,在二傻爹带头下,拿刀枪上山,把四周山里原来蛮多的野兔、野鸡、山猪、狸猫和猴子,等等,赶尽杀绝了。不多久,山里的飞禽走兽难见踪迹。

二

夏秋,王家坳颗粒无收。

颗粒无收,陈年旧粮又剩不了丁点,冬天一到,日子就难熬了。

狗最先遭了殃,不管老少肥瘦,一律宰杀。王把子家的黑母狗善于下崽,一窝崽常有七八条之多。狗崽满月后,一条块把钱卖了去,一年的油盐酱醋钱就给解决了,宝贝哩。这年夏天,这条黑母狗又怀上了,肚子大得拖到了地上。怀了崽的狗杀不得,杀了你家的女人以后就别想下崽了。王把子家的怀崽黑狗在村子里的狗死绝之后,得以生存。这条黑狗,往年被宠坏了,留下了敢和人抢食的习惯,王把子一家老小个个饿得脚杆水肿,好容易有了半锅苞谷秆糊糊,还在火塘上冒热气,这条黑狗就一头伸进去,先吃饱了。

王把子忍气吞声，没有对自家的怀崽母狗痛下杀手。黑狗便胆大妄为，偷吃偷到了王老五家。王老五是个光棍汉，去年挑粮去炼钢时搞手脚，留了几斤备荒。饿得快死时，翻出来，准备饱食一顿，企望不成"饿死鬼"。

怀崽黑狗居然闻到了苞谷饭香，它蹿到了王老五家。王老五刚好上茅坑，待他系着裤带返回屋里，准备大吃一顿时，怀崽黑狗已经把大半鼎罐的苞米饭吃了个一干二净。偷吃了人家的东西，它不是马上溜，嗅着鼻子围着王老五家盛粮的瓦缸转，居然发现里面还存有没有煮熟的粮食。它双脚爬到瓦缸边，执意要把里面的一点苞谷也干掉。

王老五气得急火攻心，眼前一黑，差点昏倒。他旋即操起了门边的扁担，将正欲夺门而去的黑狗打倒在地。

黑狗惨叫着一翻而起，一蹿就蹿到门口，眼看逃之夭夭，不料王老五身手敏捷，抢先一步又一扁担正好打在狗鼻梁上。这是狗的致命之处。怀崽黑狗倒地只哼了一声，一命呜呼。

二傻上山挖茅根，路经王老五家，亲眼看到村里唯一的狗被王老五一扁担打死了。他撒腿跑到了王把子家，紧急报告了这一情况。

王把子拖把锄头赶到王老五家时，王老五居然正在烧水。他要把这只狗褪毛剖膛，煮来吃掉。

王把子骂：

"你妈嘛屄王老五，你饿死了是不是？你饿死了不会去挖你祖坟，用你祖宗的骨头来熬汤喝呀？你杀我家怀了崽的狗，你要断子绝孙哩！"

王老五吃了一惊，旋而一笑，说道：

"王把子，你是不是我堂弟？是的话，我祖宗是不是你祖宗？你是叫我去挖你祖坟呀？我真的去挖了，你莫怪我。"

"你莫跟我嬉皮笑脸，你偷杀我家的狗，你说你郎个赔法。"

王把子直奔主题，提出了赔偿问题。

"赔你？"王老五手一拍，"你家的狗偷吃了我大半鼎罐苞谷饭，没有捞野菜捞糠糠，干的哩。你先说说，你郎个赔我？"

"哈哈。"王把子干笑几声，对围过来看热闹的人说，"你们听到了吧，王老五说他有大半鼎罐苞米干饭呢，你们信不信？"

看热闹的，有摇头说不信的，有半信半疑的。王老五五大三粗，打架厉害，他手脚不干净，常干些偷鸡摸狗的事。大家心知肚明，却不敢说。王把子自恃有理，底气陡生，理直气壮说道：

"老子看哪，是偷来的！"

王老五嗷一声，二话不说，扑上去，一把就扭住了王把子。两人你一拳我一脚对打起来。

二傻爹看不下去了，吼一声骂道：

"妈那个嘛屄，都快饿死了还有力气打架？都给我住手。"

二傻爹是生产队长，还是王老五和王把子的三叔，有权势，还有辈分的威严，一吼就镇住了王老五和王把子。二傻爹说：

"把狗肚破了，里面有苞米饭，把子你就没得话说。肚里头没有苞米饭，老五你赔把子两块钱。"

"要得要得。"王老五一口应了下来。

王把子想，野菜汤都喝不够，大半鼎罐苞米饭给偷吃了，要是他，人都杀了哩。这样一想，想通了，王把子也就点了点头。

王家坳破天荒头一次，整个村子一条狗也没得了。

猫也都杀光了。猫杀光了不怕老鼠多，人也吃老鼠了。人捉老鼠，办法比猫还多，整个村子的老鼠，包括四周田地里的老鼠，都给捉光了。到了腊月，猪圈里的猪，不分大小，一律都给宰了，过年没得一块肉吃，说不过去。过了正月，日子更难过，野菜嫩树叶全给扯光撸尽了。老弱病残，干不了活的牛马也被杀了。有人甚至想把好端端的牛马也杀了，挨了二傻爹骂：

"你狗日的想当牛做马是不是？想的话，以后老子叫你耙田犁地驮东西去！"

<h1 style="text-align:center">三</h1>

早春三月，下雨了！

下了整整一个礼拜。一个个山塘全灌得满满的。野菜树叶全冒出了绿芽，旱了一年的垌下坝上，一派生机盎然。人们的脸上有了笑，笑声像云雀儿的叫声清脆动人。种子一播下，顺顺畅畅飙了出来。人们看到了生命的希望，不愁吃喝的日子马上又来到了。

开学的时候，二傻兴冲冲跑了八里地，来到牛背村大队中心小学。开学典礼上，校长却宣布继续放假，校长说：

"现在，大旱虽然离我们去了，但饥荒还没有结束，我们的肚子里，还只有野菜树皮，屙出来的屎还只是绿汤水——你们笑啥子嘛，我这个当校长的，叫起来好听，但还是民办教师，一个月补助几斤苞谷红苕，一家人摊下去，也就那么一丁点，和大家几乎没啥子两样嘛——趁春光大好，风调雨顺，我们都回家，帮家里干点活路①，等不用饿肚子了，学校就会发通知，你们再回学校上学。你们说好不好？"

全校师生似乎是同憋一口气，异口同声吼了一声"好"。树

---

① 活路，桂西方言，事情、工作。

上几只雀惊得弹出来，慌慌张张飞远去。

开学第一天就放农忙假，二傻爹嘴上说"这帮娃崽会干啥子活路"，心里却高兴，他把一袋十多二十斤重的红米菜籽儿交给了二傻，叫他招来同学，一起把这些红米菜籽儿都撒出去了。

提一提沉甸甸的袋子，二傻问：

"爹，种这么多红米菜干啥子呀？"

"干啥子？屙痢①呗，到时你就晓得了。"

经过一个冬春的饥饿，二傻总算知道了没有东西"屙痢"的厉害。他赶忙招来七八个同学，把红米菜籽全撒到了苞谷地、红苕地、南瓜地里，反正坡上坎下，只要是空地一股脑儿都撒了过去。

红米菜贱，种子撒在裸露的地上，只要一场雨，便扎下根，再有一场雨，芽便发了出来，然后飙着抽叶。别的东西都还不能吃，红米菜最先能吃了。

二傻爹还叫二傻看牛放马，每天天还蒙蒙亮，他就扯嗓子喊：

"二傻，起床——去放马——去晒牛——"

正是好困觉的时候，二傻被喊醒了，往往是半抬身子嗯地应了一声，又一沉，沉到了床上。半天不见动静，二傻爹又喊：

"二傻你妈麻屄，你是不是又困了？又困了老子给你狗日的一瓢冷水，看你还困不困了。"

还在睡梦中，一瓢冰冷的水整到脸上来，冷得打抖抖，不好受哩。二傻赶紧哆哆嗦嗦爬了起来。他知道牛马吃了带露水的草才能强身健体长膘哩，爹是心疼牛马哩。

日子日复一日。有天二傻在放牛的路上碰到了校长。校长

----

① 屙痢，桂西一带对吃饭的习惯说法，但只可对晚辈或同辈说。

一见二傻，高兴道：

"二傻，屙痢没有？"

"屙痢了。"二傻答。

"屙啥子痢了？"校长又问。

"红米菜汤。"

校长抚抚二傻的头，说：

"你带头和几个同学种了好多红米菜，结果王家坳有东西吃哩。我们牛背村响应公社号召，向你们学习，也种了好多红米菜，现在我们也天天吃红米菜。等开学了，我在全校好好表扬你哩。"

二傻脸一红，想说种红米菜是他爹叫他种的，话还没有出口，校长突然急急忙忙解裤带，几步蹿到路坎边一蹲，扑啦一下，拉了一泡稀屎。

拉完稀，校长起身，二傻看到他趔趄了一下，差点倒下去。校长一脸菜青色，瘦得变了形，怕是得病了。校长冲他惨淡一笑，跟跟跄跄向牛背村走了去。

校长的背影还没消失，二傻突然腰一弯，屎紧得马上要拉，他如校长一样，裤子一挢，跨几步到路坎边，扑啦就拉了出来。这样的扑啦，二傻一天要有七八次。每次都是一摊红水夹几片红色菜叶。二傻拉完站起来，看了看校长拉的东西，和他的一个样。看来牛背村个个拉的也一个样。

王家坳家家户户的茅坑都是红色水，村头村尾，路坎边，沟底脚，也随处见一摊摊红水。个个拉稀呢。

四

苞谷须由嫩黄渐渐变成棕栗色，眼看能够收获时，闪电打雷下雨了。一道闪电从黑得发红的云罅间利剑般一劈，几秒后，震耳欲聋一炸，就把王家坳村头那棵十多丈高的老枫树拦腰炸断了。比水缸粗的树干带着枝枝丫丫轰然倒下时，许多人看到听到了。人们惊骇，不知所措，叫老的，唤小的，跑到了屋里头，瑟瑟缩缩蹲到火塘边，听老人讲人间祸害、老天降怒之类的故事去了。

雨似决堤，从后半夜一直下到了天亮。

王家坳成了汪洋，稻谷不见了，红苕不见了，南瓜不见了，红米菜不见了，所有种到田地里的东西都不见了。

二傻婆哇一声哭了。二傻婆一哭，整个村的人都哭了。两天两夜后，洪水终于从漏水洞消失了。二傻爹说：

"哭有啥子麻屎用，都跟我捡粮去。"

树丫石缝卡住了一些苞谷红苕之类的东西，没让它们全部从漏水洞流跑了。王家坳上至七八十岁的驼背老人，下至刚刚分辨出五谷杂粮的流鼻涕娃崽，全都背背篼提竹篮出门，到处寻找洪水后残留的粮食。生产队仓库堆了几堆红苕、苞谷、南瓜之类的东西，按人口分了下去，一下子还饿不死人。

公社发号召，大搞生产自救。种子都没有了，郎个搞生产自救？

二傻爹跑去公社，找李书记。正是吃午饭时间，李书记到食堂多打了一份饭菜，两个拳头大的红苕，一碗见了底的苞米糊，一块手指头粗的咸菜。李书记怕二傻爹说他小气，说：

"我天天吃这个，吃几个月了。"

说罢，大概是想到了前年炼钢，大碗大碗的干饭随便吃的情景，李书记眼睛红了。李书记说，不要说王家坳了，就是县里、地区里、省里，甚至全国，都受了大灾，人人都在搞自救哩。二傻爹明白，眼下是黄牛过河各顾各，没谁能帮你王家坳哩。

想到前年炼钢时，他听信李书记"共产主义马上要到"的鬼话，把全村不论公积还是私藏的粮食全部先拿来"共产主义"，全公社有哪个生产队像他这样"笨卵"的？二傻爹想，他这样"笨卵"，还不是李书记鼓动的结果？现在王家坳怨声载道，说要不是二傻爹硬逼着大家把粮挑走光了，再灾一年，恐怕也不会饿得只吃红米菜呢。

听了二傻爹的牢骚，李书记流了几滴泪，他说：

"现在全公社只有几千斤苞谷在粮所二号仓库里，那里战备粮，上头下了死令，谁也不能动一颗。你不见台湾蒋介石，天天在叫嚣反攻大陆吗？还有中印边境，动不动就打，苏修更他娘的厉害，陈兵百万在我边境上，我们得安宁吗？老哥啊，炼钢时，叫你交粮，那是不得已，现在连种子也给不了你一颗，也是不得已，你能原谅我，就打我一顿，不能原谅，你就杀了我拉倒。"

二傻爹没有打李书记一顿，更没有杀了他拉倒。他出了门，返回去的路上，脑子里不断闪现粮站二号仓库那几千斤苞谷。二号仓库他熟得很，以前交公粮，他不知进进出出多少次呢。

严寒早早降临，肚子里只有野菜、树叶、草根的人们，蜷缩在火塘边，睁着一双双无助的眼睛，吞着一口又一口清淡的口水，幻想着大块肥肉、大碗干饭随意吃的幸福。

年关逼近。村子里没猪拱槽的哐当声，没鸡扯长脖子的喔啼，没狗吠，没猫叫，仅剩的几头牛马，也少了喷鼻和反刍惬意极了时的几声嘶鸣和哞哞。

就是鞭炮，一声响也没得了。二傻婆哭着说：

"这样搞不得了哩，要死人哩。"

第三章

一

终于死人了。王家坳死的第一个人，竟是二傻婆。

腊月三十一大早，光棍王老五突然大喊大叫：

"不得了啦，野猪进村啦！哎哟哟，好大一头哩！你们狗日的还不出来呀，打野猪啦！"

王家坳就那么二十几户人家，王老五这么大喊大叫，大家都听到了。可是，大家都认为王老五是想吃肉想昏头了。这两年来，二傻爹带头打，横扫每个山头，莫说野猪了，就是野鸡也见不到踪影，野猪哪来的？王老五鬼鬼怪怪，骗人哄人的把戏干了不少，这一次，莫不是他又哄人穷开心？

二傻婆本来也不信，然而她确实听到了哼哧哼哧声，二傻婆操起一根扁担，竖起耳朵再听，妈哩，哼哧哼哧来到家门口了！她一边扯着尖尖的嗓门叫"是哩是哩，有野猪哩"，一边就挥着扁担跑出了门。

二傻听到婆的叫喊，光个屁股蛋跳下了床，裤子来不及穿了，一边冲出门，一边学他婆叫：

"是哩是哩，有野猪哩。"

这头野猪要不是它也饿得只剩了个架子，恐怕两三百斤都有呢。饿昏头的野猪，竟然闯进了村子里，东西没捞到吃，倒陷入了四面楚歌的境地。现在围着它的人不仅有王老五、二傻婆和二傻，全村几十号上百号的人都冲出了门，围了过来。饿得快走不动了的人们，不知哪里来了力气，跺着脚，挥舞着手中的家伙，喊打喊杀声震天动地。

二傻爹终于把火药灌进了枪铳里，他冲人们大吼着"麻尻的，快闪一边去"，然后就把枪筒对准了那头野猪，嗵一声放了一枪。

野猪在地上翻了一个滚，躺着只会抖脚杆。人们欢呼雀跃，认定这头野猪被整翻了。刚刚还在床上想大年三十晚只能喝野菜糊糊了，不料转眼间有一头大野猪送上门了。有肉吃哩，大年三十晚有肉吃哩！

人们刚刚围上去，野猪突然飚了起来，龇着獠牙向人们冲撞而去。受伤的野猪比老虎还猛，人们惊叫着向两边退了去。房背后就是大山，就是茂密的丛林，野猪一冲出去，隐入其间，到嘴边的肉，将飞走。

二傻爹急红了眼，一边赶紧向枪铳里灌火药，一边叫骂：

"你妈麻尻老五，你手上那条木棍是干卵用的呀？你快给它脚杆一棍棍。"

王老五如梦初醒，跳上前，嗨一声，照奔过来的野猪一棍扫过去。野猪竟然一跳就跃过了迎面而来的木棍，然后后脚杆一甩，甩到了王老五握木棍的手杆上，王老五妈哟叫一声，木棍被打落了。

人们又惊叫起来，不由自主向后退去。退急了，有人摔倒了。摔倒了赶紧手脚并用，向一边爬去。

这时，二傻婆突然站了出来。她举着扁担，站到了通道中间。她一脚向前跨一步，九十度撑着，一脚向后抵在一块凸出的石块上。二傻婆架势威猛，受伤野猪一惊，愣了一下，旋即哼哧一声，像离弓的箭，冲向挡道的二傻婆。二傻站在离他婆几米的地方，大叫：

"婆哩婆哩，快闪一边去，野猪猛哩！"

许多人也叫：

"快闪开快闪开，野猪撞死人哩！"

二傻爹吼声最大：

"娘娘娘，你快快闪开，我要放枪了！"

轰，人们的喊声没落，一声闷响，野猪撞到了二傻婆胸口上。二傻婆向后退了五六步，四脚朝天翻到了坡地上。

受伤野猪的最后一把蛮力，在撞飞二傻婆时也耗尽了。它滚在路边，只会哼哼喘粗气，没有力气再窜。二傻爹赶了过来，在它脑壳上放了一枪。人们一拥而上，将它连拖带抬，整到了仓库前的空地上。然后有人架锅烧水，有人磨刀霍霍。

两天后，二傻婆死了。

二傻婆死前很痛苦，一口又一口吐血。临断气时，嘴角一咧，似笑非笑了一下。

二

初三是走亲戚、上门拜年的日子。二傻爹天没亮出门，却是去二三十里外的者浪村借粮，给娘办丧事。

走了几里地，二傻爹听到背后有轻微细小的脚步声，仔细一听，熟悉得很。他头也不回说：

"二傻，你不在屋里给你婆守灵，跟来干啥子？"

"爹，到者浪好远，我要去帮爹挑点粮。"

二傻爹眼睛红了，他停下脚步，等二傻走到跟前，抚抚他的头，说：

"你婆一死,你好像又懂事了一点。"

二傻点点头,乖巧地说:

"以后爹的话我都听,早上叫我起床去睇牛,我不偷懒多困那么一竿子了。"

二傻爹有点欣慰,又多了一分心酸,他想,王家啥子时候背时到要去借粮呢?大人吃苦不说,连娃崽也受罪。二傻爹忍了又忍,忍不住落下了几滴泪。

跑到了前面,二傻半天没听到爹对自己说的话有反应,就扭转了头,一看,咦了一声,说:

"爹,你干啥子哭了?我说错了吗?"

"二傻没说错,对得很。"二傻爹哽咽道。

哦了一声,二傻又说:"爹呀,我要快点长大,长大了干好多活路,挣好多钱,这样子,家里不缺粮,大家都不用饿肚子了。"

二傻爹在心里叹了一口气,心想,二傻多大一点就会这样想了,多难得呀!他用衣袖抹抹眼角,说:

"到那时候,爹就不干活路了,摆张竹椅在屋门口,躺在上面,天天晒太阳,等吃,过快活日子。"

"好哩——"二傻一边兴冲冲往前跑,一边扬起手说,"赶明年,我就长这样子高,啥子重活路都能干了哩。"

父子东一句西一句,扯些无边际的话,去者浪村的二三十里路,不等太阳升一竹竿高,就走完了。

者浪生产队队长韩臭蛋是条老狐狸,滑头得很。前年在公社炼钢场,无论李书记郎个鼓动,鼓动到嘴唇起泡泡了,他也当耳边风,就是按人头,该多少就多少,绝不肯多拿出一颗粮,绝不像二傻他爹这条笨卵,跟在李书记屁股后面,整天就会说"共产主义"。不肯多拿粮,说明家里的公积粮肯定还有,私藏粮也没吃完，到这里借粮，应该不会空手回家。

韩臭蛋，臭蛋为绰号。臭蛋这绰号还有点来历，前年在炼钢场，别人有好吃的，比如一块腊肉，人家一煮，他就会像猫闻到了腥味，抽着鼻子寻味而来。他一来就问："煮啥子好吃的？"人家答："腊卡①。"出于礼貌，人家还问一句："韩队长你屙痢没有？"有了这句话，韩臭蛋就大大咧咧坐了下来，说："没有哩。"那半碗腊卡说不定主人家还没动筷，就给他先整去了几块。主人家心疼，在心里直骂"你妈麻尿"。吃了别人的，应该偶尔也回敬，他偏偏是个铁公鸡，一次也没有请过人家。有晚他和二傻爹几个生产队长碰在一起煮夜宵，有人说："韩队长，你才拿两根白菜来，郎个行？你箱里那几个鸡蛋，拿两个来嘛。"韩臭蛋眼一鼓，说："我哪里有鸡蛋？"那人说："下午开会学习，你开箱拿毛著，我都看到了。"韩臭蛋眼珠一转，顺口就说："那是几个孵不出鸡崽的臭蛋，我拿来当药吃的，臭得很，你们也敢吃？"众人皆笑，有人说："你那几个臭蛋，留你自个晚上在被窝里偷吃吧。你这个臭蛋！"

这个韩臭蛋，能借出粮食吗？进了者浪村，二傻爹心里忽然没了底。

心里没底是有理由的。这里一如王家坳，没有鸡啼狗吠，没有过年的喜庆。几个瘦得眼眶凹陷的老头，要死不活的样子，蜷缩在村头磨盘边打盹晒太阳。见到二傻父子俩，他们的目光，阴森森射了过来。一个吊眼屎挂口水的老头挪了挪身子，声调沙哑低沉地说：

"莫来了，莫来了，来了也白来，哪里还有粮借？借给了你们，就得饿死我们，唉呀呀，你说郎个办才好哩？"

---

① 腊卡，桂西方言，即腊肉。

这老头见二傻爹扁担上挂着麻包，知道又是借粮的来了。二傻爹没有理睬老头，拉着二傻，径直走去了韩臭蛋的家。

韩臭蛋蹲在火塘边，捧着一个大海碗正仰脖倒。二傻爹心里咯噔了一下，心想，韩臭蛋吃的肯定稀得像水，不然他干吗连筷子也没拿？大年初三吃稀得像水的东西，说明啥？说明也缺粮！也缺粮，那还借条卵给你呀？心里茫然，嘴上的客套话还得说，二傻爹放下扁担，抱拳对韩臭蛋说：

"恭喜恭喜，恭喜你新年天天有干饭吃！"

说罢，二傻爹扭转头对二傻说：

"快给你韩伯伯拜年。"

二傻依葫芦画瓢，抱起拳，对韩臭蛋说："韩伯伯新年好！"

二傻爹说："这样郎个行？你跪下来，叩着头说。"

二傻疑惑道："就是给婆拜年也不用下跪的呀？"

"叫你跪你就跪。"二傻爹瞪眼，凶巴巴说。

一大早，王家坳生产队的队长就来拜年，韩臭蛋大喜。旋而又大惊。他一眼瞥到了二傻爹架在墙角落的扁担，扁担上系一团麻包，又是借粮来的了，借粮等于借命哩。韩臭蛋没及多想，赶紧起身，拦住真要下跪的二傻，急忙说：

"不兴下跪，不兴下跪，给我下跪折我寿哩。"韩臭蛋把二傻父子俩拉过来，让坐到火塘边上，又说：

"真要跪，你王财福跪，嘻嘻。"

韩臭蛋热情的样子，让二傻爹心里顿时暖起来，他从挎包里掏出一包芭蕉叶包的东西，递给韩臭蛋，说：

"上你家拜年，就这东西，羞死我了。"

"哎哟，你家还有这么大的年猪呀。"韩臭蛋接过礼物打开一看，是猪肝，惊叫了起来。

"啥子年猪哟，这是野猪肝。"

二傻爹想到还没入殓的娘，浑浊的老泪大滴大滴滚落了下来。他哽咽着把前年和韩臭蛋在公社炼钢场分手回来后，遭受的天灾人祸断断续续说了。

韩臭蛋陪二傻爹也落了几滴泪。他说：

"二傻婆死得太痛心了，这块野猪肝我吃不下哩，你拿转回去，就当我给二傻婆的祭品。你莫推，再推我就不高兴了。"

韩臭蛋硬把那包野猪肝塞回到二傻爹的挎包，然后朝屋里喊："剩狗他娘，快出来见见王家坳的王财福，前年在公社炼钢场，你天天见着的哩。"

剩狗娘从屋里走了出来。二傻爹吃了一惊，两年前这女人在炼钢场参加女子突击队，风风火火，英姿飒爽。现在呢？又老又瘦，一副弱不禁风的样子。

剩狗娘苦笑一下，说："他叔，我这就去给你们整晌午饭。"

晌午饭很快就摆到了桌上。两大海碗野菜捞苞谷面糊糊，飘着苞米的香味，二傻一闻到，一口口水就咕隆吞了下去。还有四个拳头大的红苕。二傻半年多没见过红苕了，以前屋角落里堆了一大堆，啥子时候饿了捡一块吃不成？多到吃都不想吃了呢。现在，它硬是馋得二傻喉咙里像伸出了小爪爪，恨不得一把抓过来，全填到了肚子里。二傻没爹的示意，不敢动筷。这时，二傻发现韩伯伯看剩狗娘的神色不对，带有强烈的不满。二傻看到剩狗娘有气无力地把铁锅架到了火塘中央的三脚猫上，然后进到屋里窸窣了一阵子，端出了一个海碗。海碗里装的竟是有两指厚肥膘的腊肉。二傻爹想拦，没拦住，剩狗娘将大半碗腊肉全倒进了热得冒烟了的铁锅里，滋啦一声，一屋子顿时溢满了腊肉的香味。

肉也摆到桌上后，韩臭蛋丢了一个眼色，把老婆支进屋里头，自己也找了个借口，吆三喝四到院子里去了。

坐到桌边，二傻听到爹干咳一声，他便像饿狼样抓起筷子，插到肉碗里，一家伙就夹住了两块火柴盒大小，黄亮亮、油滋滋的腊肉。二傻还没来得及将腊肉送到嘴里，手背便被爹一筷子打着，两块肉又掉到了碗里。二傻脖子一缩，蔫蔫地把筷子放回到了桌上。二傻爹严厉的目光变成了温善慈爱，他朝里屋门框边的四个面黄肌瘦的脑壳喊："来来，你们也来吃。"

四个脑壳犹豫了一下，走出了一个最小的。他的双眼死死盯着桌子上的肉碗，一条清口水挂到了胸口前。他还没走到桌边，被剩狗他娘骂了回去：

"你们这帮饿死鬼，不是刚刚吃了晌午饭吗？剩狗你快带弟妹们回屋里去。"

门框边走出最大的一个脑壳，他一把拉回了小脑壳。四个脑壳一下子全都不见了。

二傻爹轻叹一口气，说："二傻，你是不是懂事了？"

二傻说："是哩。"

二傻他爹夹了一块腊肉到二傻的碗里，说："那你只能吃一块腊卡。"

二傻愣了愣，说："晓得了。"

二傻吃了一块腊肉。二傻爹也夹了一块，顿了顿，又放回了碗里。二傻爹两眼噙泪，忍了又忍，没忍住，几颗豆大的泪打落到碗里头。

爹哭啥子呢？二傻觉得奇怪。二傻还小，有的事还不太懂哩。

吃过晌午饭，韩臭蛋也转了回来。他看了看几乎没动的一碗肉，说：

"你们不多吃几块肉，转回去跟人说我韩朝贵果然是'臭蛋'，羞煞我哩。"

二傻爹尴尬地笑笑，说：

"前年在公社炼钢场，大家给你取个臭蛋的外号，我也这样叫了，真的对不起哩！"

韩臭蛋说："剩狗娘带几个月的身子去炼钢，苦煞人哩，我是心疼她，带几个鸡蛋，晚上偷偷煮了给她吃哩，唉，都怪我，想不到落下个不好名声。"

二傻爹恍然大悟，猛拍自己的大腿，说：

"以后哪个还叫你臭蛋，告诉我，看我撕了他的嘴。"

话说到了这里，韩臭蛋瞥了瞥二傻爹带来的扁担，说：

"王财福，我晓得你们王家坳这一回缺粮缺得老火①，要说原因，都是李书记惹的祸。前年我不乖点，像你那样，不管公粮私粮都挑到炼钢场吃共产主义了，现在我们怕是要饿死人了。李书记那狗日的还不想放过我，上个月他叫武装部杨干事带了几个基干民兵，来我们这里要粮，我说要粮没有，要鸡巴有几条，杨干事说要抓我走，结果村里来了几十号拿锄头扁担的男女社员，他几条步枪算条卵呀，屁滚尿流跑了。唉，想不到过了几天，李书记那狗日的自己来了，说要征购的这批粮食是战备粮，要我要有党性。唉呀呀，真的说不过他，结果被他征购去了几马驮粮食。要是今年还有个啥子灾，我们者浪恐怕比你们先饿死人哩。"

说到李书记，二傻爹唉声叹气，人家是书记，代表党说话，党员不听党的话还叫啥子党员？何况他和自己的友情，兄弟一样哩。二傻爹实在不知郎个说李书记才好。

看二傻爹欲言又止的窘迫样，韩臭蛋又说：

"王财福，我知道你大年初三到我家里来，不光是拜个年，

---

① 老火，桂西方言，厉害。

还是要借粮哩。前两年在公社炼钢场，我们者浪的社员，不知吃了你们王家坳的多少粮，无法算计哩。现在你碰到了困难，我们不帮一点，不是人哩。但你要晓得，队里的公积粮早分光借光拿光了，剩下的种子谁要动就等于要我们者浪村人的命。各家各户的私粮，我估计，捞野菜煮糊糊吃，熬到夏收都十分困难。你说，你叫我郎个办才好?"

韩臭蛋话声未落，在一旁一声不响的二傻突然直通通双膝跪下，朝韩臭蛋响亮地叩了一个头。二傻爹和韩臭蛋愣怔良久，才手忙脚乱把二傻扶了起来。

"哇——"二傻突然放声大哭，他边哭边说，"韩伯哩，我婆死了哩，我家里一颗粮也没有了哩，爹说没有粮，我婆放不进棺材埋不进地里哩。韩伯哩，你救我们家，让我婆入土为安哩，以后二傻长大了，报答你恩情哩!"

二傻爹哭了。韩臭蛋哭了。从里屋出来的剩狗娘哭了。刚才在门框边的那四个脑壳一个个闪出来，也哭了。一时间韩臭蛋的家哭成了一团。

韩臭蛋突然停下哭，他抚着二傻的头说:

"二傻，莫哭了，你韩伯刮米缸借给你十斤苞米。十斤当然不够，韩伯帮你到村子里借，保证借五十斤粮给你。唉，多难得这个孝孙崽，你婆在天有灵，保佑你一生平安哩。"

大年初五，二傻婆在一阵阵唢呐和锣鼓的吹吹打打中，悲凉、凄惨地入土为安了。

三

跟在二傻婆后面死的，竟是光棍汉王老五。

王老五一人吃饱了全家没饿着。王老五干农活勤快，还是捕猎能手。往时，他吃香喝辣，常常有好东西送给赵寡妇。他能吃好吃，除了干活，想着的就是吃。他喜欢赌吃，前年在公社炼钢场，他和别人赌吃糯米肥肉，结果他吃了三斤糯米和两斤几乎全是膘的猪肉。整个炼钢场都轰动了。

王老五之死，很诡异。他上山打柴，碰到一只受伤的斑鸠。王老五大喜，认定这天有鸟肉吃了。斑鸠剩余的力气，一次只足够飞五六米的距离。王老五肚子里只有野菜谷糠汤，全身虚，跑五六米要累断气。斑鸠飞五六米停下来，站不稳，跟跄几下打一个滚。王老五眼看生擒这只斑鸠时，它又扑棱几下翅膀，飞出去五六米远。前面逃，后面追，一前一后来到了漏水洞。斑鸠似乎犹豫一下，还是飞到了洞里的潭面上。王老五却不假思索，一头扎进潭里。潭深不可测，王老五是旱鸭子，半天不见冒头。

二傻在漏水洞边扯野水芹，惊呼"救命"。二傻不敢贸然下水救人。他丢下背篓，拼命跑回村里叫人。王老五沉在深不可测的潭底几天后才浮出潭面。这时，他已腹大如鼓，鱼虾啄咬之故，他面目全非，非常骇人。

人们传说，王把子家下崽黑狗化身受伤斑鸠，找王老五索命来了。

埋了王老五，又要埋王把子。

埋王把子不只埋王把子一人，而是埋他一家老老小小八口人。

王把子上山采野菜，在黑熊沟的斜坡上，他发现了一片娃崽手掌大的蘑菇。这十几朵蘑菇色彩鲜艳、美丽动人，王把子激动得心都要跳出了喉咙。他想，蘑菇都是三月里落了雨才生长，现在就长，只叫他一个人碰到了，是老天恩赐，是祖宗积德，福荫子孙哩。王把子一边这样想，一边就把这十几朵蘑菇全采了，放到了背篼的底层，上面盖了一些艾蒿之类的野菜，他怕别人睎到了，向他讨要呢。

王把子乐滋滋把蘑菇带回家，煮了，全家人吃了，全家人就全死了。死的人全都七窍出血，眼珠突暴，脸色像猪肝。美丽动人的蘑菇带有剧毒，王把子郎个就不晓得呢？

八口之家一下子全惨死了，震惊全村。二傻爹觉得事情太大，跑到公社派出所报案。

派出所只有一个人。这个人把所长和公安员全兼了。二傻爹找到这个人时，这个人刚从下面生产队了解一个偷牛案件回来，走了几十里山路，又累又饿，还有哮喘病，正躺在床上，上气不接下气痛苦得要命。

二傻爹说："八口人哇，事情大哩。"

那个人极不耐烦说："不就吃毒蘑菇中毒死的吗？你这个生产队长干啥子卵用的？把他们埋了不就得了？找我，我能叫他们活回来吗？"

二傻爹一肚子火返回王家坳，路经公社粮所，看到粮所所长赵麻子打开二号粮仓通风。粮仓里有几十包胀鼓鼓的粮食码在一起。二傻爹站在那里一时挪不了脚，眼睛发绿。他想，有得一麻包，王家坳就不用死人了。他不敢多想，急急忙忙赶回王家坳，召集人埋王把子一家去了。

牛背村大队中心小学校长也死了。

校长姓毕。毕校长拖一双水肿如柱的腿到学校，半路上遇二傻。见二傻匍匐于路边水渠喝生水，大声说"使不得"，毕校长说：

"二傻，那水多脏，里面马屎牛屎多得很，喝了要生病的。"

二傻起身，有气无力说：

"毕校长，生病总比饿死好。我再不喝一点水，马上要饿死了。"

"你晓得你马上要死了？"毕校长忍不住笑了笑，"还能说自己马上要死，说明离死还远。"

"不哩。"二傻一副惊异样说道，"我刚才饿昏了，见着了我婆，她向我招手哩。我一跟去，不是也死了吗？"

毕校长吃了一惊，鼓眼望着二傻，半晌说不出话。一会儿后，他从腰里掏出一块烤红苕，递给二傻，说：

"吃了，就不会死了。"

二傻不接，说："我吃了这块红苕，你今天吃啥子？"

"我还有。"毕校长拍拍腰袋说。

毕校长的腰袋是空的。他那天的口粮就是那一块红苕。让给二傻吃，他就要饿一天肚子。傍晚放学，他最后一个离校，出到校门口，无力抬腿，被门槛绊倒，一头栽到地上。第二天给人发现时，他身体冷冰冰，僵硬如石。

二傻懵里懵懂，不晓得毕校长之死与他有直接关系，抹了几把泪，就不抹了。

第四章

一

王财贵挨了二傻爹一顿痛打，好长一段时间见了他堂哥就咬牙切齿。仔细一想，这一顿打活该，谁叫他嘴巴没遮拦，胡说八道，添油加醋，害得宗游医入了大牢呢？

想通了，王财贵就不恨他堂哥了，他堂哥叫他干啥子活路了，他屁颠屁颠跑得比谁都快。二傻爹也渐渐忘了这个堂弟犯下的罪孽，不再对他吹胡子瞪眼睛，碰了面，还主动打招呼，说："你狗日的屙痢没有？"如果王财贵说"没有"，二傻爹会说："没有？没有就去我家里，你嫂煮红苕糊糊哩。"

那天二傻爹主动去找到王财贵，见面就问：

"你家还有粮没有？"

王财贵如实答：

"还有两三斤苞谷粉，几斤干红苕藤，反正是熬不到夏收了，等死哩。"

二傻爹的目光从王财贵脸上移挪到山巅，良久，又移挪回到王财贵脸上，又良久，说：

"晚上有空没有？"

"有哩。"王财贵答了，又问，"哥，你有事要我帮忙？"

"有哩。"二傻爹说，"你帮我去多割点马草，割完了，扛到我家去，晚上牵你家的马来，喂饱了，装好马驮，天黑牵马跟我走。"

"去哪里？"王财贵想想，眼一亮，说，"去驮粮?!"

"问那么多干啥子？"二傻爹顿了顿，又说，"你牵马，有人问你去哪里，你说去遛马。晓得不？"

"晓得了。"王财贵答。

二傻爹朝王财贵瞪了一眼，说："晓得了这三个字要放在脑壳里，不能光挂在嘴巴上。"

"晓得了。"王财贵又说。

二傻站在一旁捉蜻蜓，好似两个大人说话不关他的事，这时，他突然插嘴说："我也去。"

"去哪里？"二傻爹愣了一下问。

"去驮粮呀。"二傻答。

"你是不是想挨打？三更半夜的爹和你叔去驮啥子粮？"二傻爹嘴上这样说，手却抚到了二傻的头上，"爹跟你叔晚上要去办大事，你娃崽家去不得，晚上在家好好困觉。晓得不？"

"晓得，不然就要像叔一个样，给爹打一顿哩。"

王财贵尴尬一笑，说："狗日的二傻，两年前的事你还记得呀。"

晚上二傻爹带王财贵去公社粮所驮粮。说驮是好听，实际上就是偷。这该犯啥子罪，二傻爹心里头清楚。他想了许多条理由来为自己辩解，比如再没有粮王家坳就要死光人了，共产党能见死不救？比如前几年公社搞炼钢场，王家坳挑去了多少粮，李书记能不清楚？想到李书记，二傻爹就松了一口气，心想，犯再大的罪，只要不是杀人放火，李书记都会放他一马。他和李书记的关系一般吗？不一般哩。关系铁哩！关系铁，就不怕你李书记给我定死罪，大不了戴高帽游游街，大不了到秋收时加倍征收公购粮，最大不了，给公社派出所那个狗日的一麻索捆了送到县里蹲几年牢。当然，这是最丢人的了。王家坳已经死了一帮人，再没有粮，还要死下去。他驮来粮救大家，坐几年牢，值哩！

晚上有月亮，也有云。云一朵一朵的有薄有厚，月亮时而朦胧，时而像水银一样，泻一地的银光。

到公社这二三十里地，二傻爹和王财贵不知走过了多少次，一草一木都熟悉，哪里有个坎，哪块石头松动了，他们了如指掌，天再黑，都能快步如飞。马不行，马走这条山路大白天也有闪蹄的可能，何况晚上？二傻爹和王财贵各牵一匹马，走得还算平稳，跟在后头的一匹马没人牵，走得磕磕绊绊，行走的速度慢了许多。二傻爹急了，对落了他好几步的王财贵说：

"狗日你财贵，快点嘛。"

王财贵委屈道："后面那匹马没人牵，我郎个快得了？"

二傻爹想了想，说："把后头那匹马系在路边吧，等杆子我们回来再带它回去。"

王财贵说："哥，你不是说去驮六麻袋粮吗？两匹马郎个驮得了六麻袋？"

"莫因为少了两麻袋就误了事。"二傻爹嘴上这么说，心里却万分可惜，心想，多叫一个帮手就好了，考虑不周全哩。

二傻爹正这么想，突然路坎边跳出了一个人，定神一看，竟然是二傻。

二傻说："爹，我跟你们来了哩。"

这哪里是跟，是二傻早已到半路上等着呢。

"你说你困觉了，原来跑到这里来了。"二傻爹又惊又喜，嘴上却骂，"你想找死呀，快给我滚回去。"

"不哩！"二傻说，"爹不是经常跟我说，要从小吃苦耐劳吗？我都十多岁了，能跟你们去驮粮了哩。"

王财贵说："这娃崽犟哩，能吃苦，以后不得了呢。哥，你就叫他牵后头那匹马，跟我们去吧。"

不让二傻跟去，怕一次"偷"，教坏了他一辈子。二傻爹在心里，一直把这件事不当"偷"，只当"驮"。他是去公社粮所"驮"粮，绝不是"偷"粮。这样一想，他点点头，答应儿子跟去了。

开头没人牵的马，被二傻牵着撒起了欢，跑到了前面，二傻回头喊：

"爹，叔，你们两个慢了哩。"

二傻爹估摸①快十二点时，他们三人一前一后来到了公社。这时公社死一般沉寂，偶有一丝光亮，飘飘忽忽，暗得像鬼火。二傻爹想，那帮狗日的都睡了，正好动手哩。

二傻爹轻车熟路，带王财贵和二傻牵着马悄悄来到粮所二号仓库的背后。二号仓库的背后是一片水田，还没到春耕，田没有犁，也没有灌水，空空旷旷的。

"到了。"二傻爹一边说，一边取下挂在马驮边上的一竹筒水，一下又一下倒到了墙脚上。墙是泥墙，泥墙浸了水，变软。二傻爹又从马驮边抽出一条钢钎，一捅进去，没点响声，泥就刷地掉下了一大片。

"爹，这里有粮驮吗？"

二傻吃惊地望了周围一圈。他来公社赶场，到过粮所。粮所有堆成山的粮。来这里驮粮干啥子要挖墙呢？挖墙了就有粮驮吗？二傻想不明白。

去哪里驮粮，到了公社粮所，王财贵啥子都明白了。他接

---

① 估摸，桂西方言，猜测、估计。

过二傻爹手上的钢钎,一边向墙捅去,一边说:

"二傻,记得下午你爹跟你说的话吗?"

二傻点点头,又摇摇头,一副似懂非懂的样子。

二傻爹抚抚二傻的头,说:

"以后爹会慢慢跟你说,你就晓得为啥子要偷偷摸摸趁天黑挖墙驮粮了。"

二傻哦了一声,突然瞪大了眼,说:

"爹,你快看,有条狗跑来了。"

"不叫的狗凶哩。"二傻他爹一边说,一边把二傻拉到了身后,不慌不忙从兜里取出了一个纸包,打开,丢一块香喷喷的肉过去。傍晚时二傻看到爹在火塘边烤鼠肉,看到流口水,二傻爹说不能吃,留有大用场,原来是留给这条狗吃。

粮所赵麻子所长原来养有三条狗,都凶巴巴的。粮荒闹起来,赵麻子守着粮所成千上万斤粮食,决不多吃一口,人都饿得走不动了,养三条看仓狗太过奢侈,就杀掉两条,剩一条最凶的。最凶的也有缺点,就是见不得肉,见了肉就不认爹娘,啃住了就跑,找地方享受去了,反正它守粮仓这么多年了,何时见过盗粮的贼?天下无贼呢!这一次,这条凶巴巴的黑狗上当了,这个丢了一块香喷喷肉给它吃的人竟然是贼。

大黑狗衔着烤鼠肉跑掉后,王财贵嘿嘿一笑,挥膀子干得起劲。很快,一个大窟窿打开了,二傻爹钻进去,摁亮手电筒一照,到处都是一麻包一麻包粮食。二傻爹扑过去,抱住了一麻包,半天没动,王财贵和二傻跟着钻进来,一看,二傻爹在抽泣,一滴一滴黄豆大的泪扑嗒扑嗒打落在麻包上。

二傻说:"爹,你哭了哩。"

二傻爹抹了一把脸,说:

"王家坳人有救了,爹高兴哩。"

"有啥子好哭的，搬粮要紧！"

王财贵教训起堂哥。他像一头饿昏了的狼见了肥羊，猛地扑过去，把一包百斤重的粮食一抱就抱了起来，哼哧哼哧抱到了洞口。

二傻抱不动一麻包粮，就拉开一个麻包口，伸手进去一捏，惊得差点叫了起来：妈哩，是大米哩！王家坳遍地都是石岩，仅有的十几亩水田还是望天田①，旱一点，涝一点，都没有收成。大米珍贵哩，逢年过节，饭桌上才有一点点哩。二傻掐指算了算，两年没吃过大米了。二傻抓一把丢进嘴里，一边咯咔咯咔嚼，一边一把把拼命往口袋里塞。

二傻干得正欢，王财贵钻了进来，说：

"二傻，走了。"

二傻爬出洞一看，六麻包粮食，沉甸甸驮在了马背上。天上云层变厚了，月亮就不那么亮了。二傻仍觉得一地的亮堂，他一边想着爹说的那句话，王家坳人有救了，一边随着爹和叔，牵着一匹马，急火急火往回赶。

正赶着路，背后突然冒出了电筒一闪一闪的光柱，有人号叫：

"妈那个麻屄哟 …… 有贼了哩，快来人呀，有贼偷粮啦……"

"快走，赵麻子发现了。"二傻爹吃一惊，"那个老家伙有杆步枪，别让他打着了。"

"我说那老狗怎么半夜三更的有肉吃，想想就怀疑，果真是有贼哩！老贼，你给我站住，不然我开枪啦！老子抗美援朝，一枪就干掉一个美国佬，还怕你不成？你不站住老子开枪啦！"

---

① 望天田，旱涝不保收的田。桂西大山里许多田属此类。

赵麻子还在喊。

二傻爹说：

"赵麻子是瞎咋呼，他根本没有看到我们。"

赵麻子起床厕尿，偶然发现老黑狗在啃烧烤的肉，起疑心，取出步枪，悄悄摸到粮仓四周看，终于看到那个大洞。他爬进去一数，少了六袋粮。一袋一百斤哪！唯一的两包大米有一袋被扯破了口，珍贵的大米撒落了一地。贼却跑了！罪孽啊！失职啊！赵麻子痛恨交加，差点昏厥过去。

赵麻子年过半百，在朝鲜打仗瘸了一条腿，右眼在和美国佬肉搏时被抠瞎了，时间一长，左眼视线跟着也模糊，他从洞口爬出来，明知贼还没有走远，却看不到，也摸不清在哪个方向，他气急败坏，乱骂一通后，果真就朝天叭的放了一枪。

半夜里，枪声响亮刺耳。二傻吓得脖子一缩，马上有了想尿尿的感觉。王财贵惊慌失措，连声说打着没有打着没有。二傻爹骂道：

"打着了你狗日的还不倒下?！我们快跑！"

二傻看到背后的电筒光柱多了起来，传来了许多人的怒吼和叫骂。他们跑得飞快，电筒光柱和人的声音越来越远了。

二

天还没亮，二傻爹等三个人，牵着三匹驮了六百斤粮的马，回到了王家坳。

王家坳八九十口人，六百斤粮按人头，每人六七斤分了下去。这些粮碾成粉，每顿一抓，捞到野菜糊里，能把命吊到秋收。

全村人到二傻家领粮，差不多都哭了，说二傻爹是救命菩萨，一家人死不了了哩。二傻爹也哭，说他这个生产队长，这个党员，没有当好，叫乡亲们跟着受苦了，是他对不起大家哩。王财贵想问题比王财福复杂、严重，他板着脸反复说，这粮绝对不能放在米缸里，要收藏得稳稳妥妥，连狗都嗅不到。背粮走的人，一个个头点得像鸡啄米。

还不到晌午，粮全都发了下去。二傻爹又困又累，倒头就睡。睡梦中他闻到大米香，爬起来，夜游神般走到鼎罐前，打开盖，看到了大半鼎罐白花花的大米粥，一股久别了的大米香扑鼻而来。他顿时醒来，叫道：

"二傻娘，你去哪里整到大米的？"

"二傻整到的。"二傻娘从里屋走出来，"有一两斤哩，一半煮了，一半留着。"

二傻爹兴冲冲进到屋里，不管二傻睡得正香，掀开他的被，一巴掌打到二傻的屁股上，说：

"起来啰，吃大米粥啰。"

二傻睡眼惺忪坐起来，手背搓着眼说：

"大米粥煮成了？"

"煮成了！"二傻爹答。

二傻一跳就跳下了床，一头窜出屋，欢呼道：

"有大米粥吃哩！娘，快给我舀一碗，我饿死了哩。"

"看你那个卵样，前辈子肯定是个饿死鬼，回来回来，穿了衣服再说。"二傻爹一边帮二傻穿衣服，一边问，"大米郎个整到的？"

二傻答："我看到粮仓角落里有两个麻包，打开一个，一看，是大米哩，就装了几荷包拿回来了。"

"你妈麻屄的，你手就那么准？我和你叔摸了半天，摸回六包苞谷，你一摸就摸到了大米了，郎个不说一声？说一声，爹就是扛也扛它一包回来。"二傻爹遗憾道。

"我的口袋有个小洞，装的大米打落了好多，可惜了！"

二傻爹伸手进二傻棉袄口袋里，手指头果然戳到了一个小洞，他说：

"大米一路上打落的？"

"是哩。"二傻说，"一下落几颗，我都不晓得哩。"

二傻爹心头猛地沉了一下，他担心打落的大米成了路标，把赵麻子引到王家坳来。

非常不幸，二傻爹的担心果然成真。

天刚麻麻亮，赵麻子就牵着老黑狗到粮所四周寻找盗贼的蛛丝马迹。老黑狗贪吃一块烤鼠肉，酿成粮仓被盗，被主人赵麻子痛打一顿，一条腿都被打瘸了。它自知失职造成的罪责深重，使出浑身解数，鼻尖几乎贴在地上嗅来嗅去。老黑狗是条土狗，没有受过训练，没有本事寻着人的体味一路跟下去，在一个三岔路口，它转了这条路，又转那条路，狂吠着看赵麻子，不知往哪条路跟下去了。

"你妈麻屄，你除了会吃，还会干哪样？"

赵麻子叹一口气骂道。骂罢，气咻咻掉头往回走。突然，老黑狗一阵狂吠，他转身回去看，不由得倒吸了一口冷气，老黑狗用舌头不停舔动的东西不是一颗大米吗？大米白亮亮，是他亲手碾出来的战备粮。战备粮就是军需物资。赵麻子当过几年兵，军需物资意味啥子？他晓得。

老黑狗往前跑几步，又狂吠起来，赵麻子跟过去再看，地上又是两颗大米。顺着这条路下去，不久就见到一两颗大米。如了路标，大米一直延伸到了王家坳。

赵麻子猛拍了一下大腿。他想起来了，前些日子，王家坳生产队长，狗日的王财福，无缘无故到他粮所转了又转，看他开粮仓,看得眼睛发绿,原来那时他就起了歹念,要偷公社粮仓的粮食呢!

悄悄进了村,赵麻子摸近了王财福的家。他亲眼看到一个人背了一袋东西,从王财福家鬼鬼祟祟、贼头贼脑走了出来。那袋东西不是王财福刚偷回来的粮食又是啥子?

赵麻子又是激动,又是悲哀,他想冲过去人赃俱获,又清楚莽撞行事的结果。他想,凭他这把老骨头,他敢冲进去,那帮快饿死的山民就敢把他活活打死。

再从王家坳摸出来,赵麻子像他当年当兵时的急行军,一路狂奔回公社。过后有人说,赵麻子的死,肯定与他急跑有关。他是跑死的。

从王家坳狂奔了二三十里赶回公社,早过了晌午。粮所有一大群人,李书记、派出所的刘公安都在。还有一个少见的面孔,是县公安局的何公安。

赵麻子一大早不见了,李书记他们急死了,不晓得这个倚老卖老,谁都不敢惹的老家伙跑到哪里去了。突然见赵麻子和老黑狗一前一后跑进来,李书记一肚子火,开口刚想骂,就见赵麻子弯腰,哇的吐了一口血。嘴角的血没有抹,赵麻子就拉住了李书记的手,说:

"粮是王家坳……王财福……那狗日的……偷……偷走的!"

李书记猛吃一惊,追问:

"你说粮是被王家坳的王财福偷走的?"

"是!"赵麻子缓缓瘫倒,他用最后一口气说,"他……他们正在分粮,你……你快带人去……去!"

"你敢肯定?"

李书记上前扶住赵麻子再追问。

"敢……敢……"

赵麻子还没说完，一口鲜血又从他嘴里喷了出来。

赵麻子吐血吐死了。当场死！

李书记大声吼：

"马上集合队伍，跑步到王家坳捉拿王财福！被偷走的粮，一颗不少给我追回来！"

二傻爹这一觉睡得沉，最终他还是被噩梦惊醒了。他捂着怦怦跳的胸，心想，他梦到啥子了呢？

这时，二傻爹听到二傻娘在外屋说：

"他爷莫吵醒他，他累老火了。你坐，我给你倒水。"

二傻爹坐起来问："是哪个？"

二傻娘答："是三爷，说找你有急事哩。"

二傻爹伸着懒腰走出里屋，坐到火塘边，说：

"三叔，有事？"

三爷背驼，弯成差不多九十度，前几天听说他快饿死了，大概中午喝了有粮的糊糊，又有力气串门了。他告诉一个令二傻爹惊愕万分的事，公社粮所赵麻子晌午前来过村里！三爷说：

"他溜了溜，又打转跑了。"

"你敢肯定是公社粮所的赵麻子？"二傻爹紧张地追问。

"我在坡坎上挖野菜，他郎个进村，又郎个出村，全在我眼皮底下哩。"

完了，二傻打落的大米被赵麻子看到了，跟踪来了。

"二傻爹，赵麻子在村头气得脸发青，跺着脚杆操爹屄娘哩。"三爷沉吟了一下，又说，"晌午你分给大家的苞谷，是不是没有经过赵麻子同意，到粮所拿的？"

"三叔，不瞒你说，这六百斤苞谷不是拿是，是偷的！"二傻爹拍了一下手掌，故作轻松说，"三叔，一人做事一人当，反正没有你们的事，你们只管把分到手的粮食藏好了，莫让他们搜去了就成。"

三爷心里头清楚，偷国家粮仓的粮，罪大恶极，枪毙都难说。三爷左右为难，这六百斤粮是王家坳七八十号人的救命粮，没有它，王家坳还要死多少人？死光都难说。最后他躬着背，一户人家一户人家上门去，反复告诫，粮一定要收藏好，等杆子有人来搜了，一口咬定没得。他说：

"没得就是没得，看谁敢杀了一整个王家坳的人？"

有人问："二傻爹分给我们的粮是偷来的？"

三爷说："郎个是偷的？就是偷，也是为你狗日的不饿死才偷的。"

"不是偷的，不是偷的。"那人赶紧说，"三爷你莫生气嘛，我的意思是，等杆子有人来搜粮了，我们郎个办？"

"你说郎个办？"三爷一跺脚，"你说说，郎个办才好？"

那人眼珠子一转，说：

"凡是能走动的，都拿锄头扁担，集中到二傻家，跟他们拼命！"

"这就对了，这就对了。"

三爷拄着竹拐杖，躬着腰，一撮山羊胡一翘一翘的，气喘吁吁转下一家传话去了。

三

李书记带队正准备出发，县委书记打来了电话。县委书记即当年提拔李队长为李乡长的县长。县长后来也提拔，成了县委书记。公社成立后，县委书记再提拔李乡长为公社书记。他们既是上下级关系，又是挚友关系，就像李乡长和二傻爹的关系一样。不过，县委书记骂李乡长从来不客气，与李乡长骂二傻爹不能相提并论。县委书记在电话里拍桌子骂，直骂得李书记大冷天冒汗。他晓得问题不那么简单了，晓得不捉拿盗窃战备粮的王财福，他这个公社书记说不定要被县里捉去顶替呢。他骑上一匹马，和同样也骑了马的罗部长、杨干事及几个公安，尘土飞扬冲出公社，扑向王家坳。跟在他们背后的是玉里街基干民兵班，十来个人，个个腰间系着子弹夹，背着上了刺刀的三八步枪，他们紧追快跑，一步也没有落下。

傍晚时，被三爷支到村头望风的一个娃崽从高高的枫树丫上跃下，惊慌中带着兴奋，一路跑，一路叫：

"来了，来了，来了哩！"

以前来王家坳，李书记老远就喊："王财福，打着野猪没有？"这次来情况完全变了。到了村头，李书记掉转头，嘘一声，扬起手，又往下按了按，意思是别出声，免得打草惊蛇。一行人都揣紧了枪，不由自主弯下腰，很有点"鬼子进村"的味道。

进到村里，民兵们呼啦一下子散开，把二傻家包围了起来。李书记看了看，严实得恐怕一个苍蝇也休想飞出去，他站在离二傻家大门十来步的地方吼道：

"王财福，狗日的给我滚出来！"

"滚"出来的不是二傻爹，是三爷。

三爷一手拄拐杖，一手提一条几尺长的青枫木棍。木棍半夜抵门背之用，年代久远，光滑泛光。三爷掂了掂木棍，说：

"李书记，有何事？"

三爷充满敌意的目光，令李书记吃了一惊，不由自主退后了一步。三爷，李书记认得，大前年公社搞炼钢场，他下来做动员宣传时，三爷疑问："土炉窑子炼得出钢吗？"他肯定道：

"炼得出。"后来事实证明，那些土炉窑子炼出啥子钢了？李书记羞脸，好长一段时间不敢到王家坳来。

跟在三爷后面是七八十个王家坳人，黑压压一大片，鸦雀无声，目光冷漠而又愤怒。他们手上不是锄头就是扁担，有个五六岁的娃崽，竟然紧紧握着一把闪寒光的柴刀！李书记想到了日本鬼子打进保定时，他就曾多次经历这样的场面。他痛心疾首，共产党啥子时候用枪指着勤劳善良的老百姓？这群老百姓几年前衣着鲜亮，红光满面，时不时哼几句"公社就是向阳花"，现在，他们一个个衣着褴褛，寒风中许多人连一件破棉袄也没有。他们皮包骨，凹陷的目光充满仇恨、愤怒、悲哀、无奈和求生的欲望。李书记的手脚发软，冒冷汗。

你怕了，你怯了，三爷一边想，一边一步步颤巍巍向李书记逼去。他逼进一步，一村子的人就跟着逼进一步。

"造反了，造反了！"

何公安拔出手枪，朝天砰砰就是两枪，他把枪筒指着三爷的脑壳怒道：

"老家伙，你聚众造反是不是？"

三爷一惊，不由自主后退了一步。刚才死一样的沉寂，随着小孩的哭声，大人的尖叫，嗡一下骚动起来。

突然间，三爷不可思议地将木棍抡得像风车，一步又一步向李书记他们逼去。

三爷停下抡棍，冷笑道：

"造反？民国十二年我们这里造过反，造的是国民党的反。官逼民反，民不得不反，老子的这一手就是那时练的。"

何公安突然一步窜到三爷的跟前，一把抓着了他的衣领，怒吼道：

"你敢说我们是国民党？你真的造反了，拿麻索来，给我捆了。"

两个民兵提了一圈指头粗的麻绳扑上来，就往三爷身上套。

"哪个敢?"

七八十号人举起了手中的家伙，同声喊。

不用发令，十多个民兵统统端平了枪，闪着寒光的刺刀一齐对准了人群。

千钧一发间，二傻爹出现了。

他平静地对李书记说：

"李书记，你代表党，党郎个能随随便便把枪对准无辜百姓呢? 粮是我偷的。你要捉就捉我吧。"

李书记惊愕片刻，然后挥挥手，说：

"捆起来。"

要捆三爷的那两个民兵，一转身，一麻索就套到了二傻爹的脖颈上。

"打呀!"

三爷高高扬起了木棍，尖细沙哑呐喊了一声。

"打呀!"

三爷背后的七八十号人，高举手中的武器，也一齐呐喊了起来。

"哪个敢打?"二傻爹用力地跺了两下脚，"你们真要造反是不是? 我看哪个敢造共产党的反，老子先和他拼了。"

三爷愣住了，他背后的七八十号人愣住了，李书记愣住了，手揣枪，安好架势，准备杀向"造反"农民的民兵们也愣住了。

"回去吧。"二傻爹平静道，"三叔，你和乡亲们都转回各自的屋吧。我没啥子大不了的事，跟李书记去去几天就回来。走哩，你们都走转哩。"

李书记在心里惊叹不已，这个王财福，有种嘛。他挥挥手，说：

"捆起来！"

那两个民兵手脚麻利，捆人功夫了得，只眨眨眼，二傻爹便被五花大绑捆了个结实。

"押走！"李书记又挥挥手，说。

何公安说："还有同伙没有捉住哩。"

二傻爹说："没有同伙。"

何公安上前推了一把二傻爹，说：

"你嘴巴硬是不是？你一个人能牵三匹马，偷六麻包粮？"

二傻爹脖子一梗，一口咬定：

"就是我一个偷的。"

二傻爹在人群里找到了王财贵和二傻。二傻眼里噙着两泡泪，欲流不流的样子。王财贵则缩着脖子，哆哆嗦嗦，目光中透露着不知郎个办才好的神情。二傻爹不理睬何公安，对李书记眨眨眼说：

"一个做事一人当，你李书记不会搞株连九族的事吧？"

肯定有同伙，李书记心知肚明，王财福向他眨眨眼，分明是告诉他，看在老朋友一场的份上，放他的同伙一马吧。李书记想，不就几麻包苞谷吗，秋收赔回来不就得了？他不相信县委书记不给他这点面子。他没有理何公安，对掐着二傻爹手胳膊的两个民兵说：

"押走。"

"慢！"何公安上前一步，站到李书记面前，"同伙被抓后还怕王财福不说吗？那时再捉不迟。被偷的粮今天一定要他们交出来，不然迟两天就被吃光了。"

李书记的目光在面黄肌瘦的七八十号人身上扫了又扫，迟疑良久，心想，这次要犯错误了，唉，犯就犯一次吧。他说：

"吃都吃光了，谁交？走，押走！"

天色灰蒙，要黑不黑，二傻爹被押走了。

四

二傻爹的罪名定为盗窃军需物资，破坏战备。那段时间，盗窃狼烟四起，大到偷集体的牛，小到刨生产队地里的红苕，胆敢偷国家粮仓的粮，且六百斤之多，仅玉里公社王家坳生产队的王财福一人。王财福竟然是党员，是生产队长！

大案惊动了地区。有个地区领导看了案件，拍案而起，批示道："从重从快处理，以儆效尤。"

二傻爹被定死罪的消息传到李书记那里，他呆若木鸡，难道，他一次又一次游说县委书记都落空了吗？他脑里一片空白。

县里通知李书记，要他组织一批人到县里参加公判大会。他推说有病，叫罗部长、杨干事他们代替了。

公判大会回来，李书记叫杨干事到他办公室，问：

"看到枪毙了吗？"

"看到了。"杨干事说，"就在县体育场后背的山坡下，还没枪毙，坑都挖好了，一枪过去，倒在坑边，再一脚踢过去，就滚到了坑里，席子都没得卷一卷哩。"

李书记说："真的不该死。"

杨干事说："你说王财福？"

李书记说："是哩。"

杨干事说："偷国家战备粮还不该死？"

李书记沉默良久，说："你想过没有，王财福为啥子偷粮？"

杨干事说："那不明摆着，没粮了，饿死人了。"

李书记自言自语道："那就对了。唉，王家坳是余粮队呢，余粮队怎么就饿死人了呢？不饿死人，王财福会去偷吗？王财福，多好的一个人呀，一下子就没有了！"

杨干事眼珠子转了转，说："前几年搞炼钢场，王家坳的粮……"

"不说了！"

李书记打断杨干事的话，点了一支烟，走到了窗前，向外望去。外面是一块又一块的稻田，正是春耕时节，稻田耙了，灌水了，有人在插秧。再远一点儿，是一面缓坡，缓坡上有一块块旱地，种下的苞米高粱出芽了，满坡一片嫩绿。李书记重重叹了一口气，对杨干事说：

"前些天县里特拨的那批种子，分一部分给王家坳。另外，预支我一个月定量粮，给王财福的家人送去。这事你一人知道就行了。"

杨干事默默走出了门。李书记仍旧站在窗前，望那田、那地、那水、那山，还有山巅与天际间那诡异的云层。他想，他能做的，对得起良心，也许就这些了。

二傻爹之死，在王家坳引发地震，人们瑟瑟发抖奔走相告，片刻之间，全村便家喻户晓，人人皆知。

二傻娘闻讯号啕几声，昏厥了过去。为娘的昏厥，更为爹的死去，二傻放声痛哭。

二傻一哭，他娘又醒了过来，搂二傻在怀里，哭声更响亮、更惨。她哭了两天两夜，还没见泪干。

王财贵这段时间来二傻家最勤快。他说得最多的安慰话是"大嫂大嫂，莫哭莫哭，大哥死了，还有二叔"。这话听多了，二傻娘的泪渐渐就少了。哭了几天，不哭了。

有一天，王财贵套到了一只山雀，用来和苞谷粉煮了一大海碗山雀糊，端给二傻娘，她竟然一口气就喝光了。

二傻娘是牛背村大户牛家的闺女，出嫁前，那个漂亮哩，叫不知多少个男人抱着老婆想着她。想着她的也有王财贵。二傻娘嫁给二傻爹后，王财贵就不用跑七八里路到牛背村，偷看牛姑娘了。牛姑娘成了他大嫂，朝不见夕见。后来又成了二傻娘，王财贵想牛姑娘，只能在被窝里头想想。

现在情况突变，二傻爹死了，大嫂需要安慰、帮助、照顾。当年的牛姑娘经历了漫长十多年嫁人生崽的过程，脸依旧白嫩嫩，眼依旧水汪汪，腰依旧细柔柔，岁月还没有给她留下太多的沧桑痕迹。

又一天，二傻娘想到伤心事，又嘤嘤哭起来。王财贵一边说"大嫂大嫂，莫哭莫哭，大哥死了，还有二叔"，一边就把手伸进了二傻娘的胸兜里，捏住了两个滚烫的奶子。

二傻娘一惊，旋即明白二叔一天两头往家里跑，重活路全包了，想的是她哩。二傻娘无力地扭了扭身子，推托几下，身子松软，也就渴望了，依了。

二傻好几次割马草回来，还是大白天，门却紧闭，拍了好几下，娘才开了门。进去一看，堂叔坐在火塘边呢。二傻起了疑心，想到了王家坳人老老少少、男男女女整天挂在嘴上的"屌屎"。有一天，二傻去割马草，到坡脚转一圈，转回家了。果然大白天又关门了。二傻从紧靠屋边的马栏爬了上去，翻到自家檩梁往下一看，不得了哩，天还冷呢，堂叔和娘也不怕，脱得精光，在床上你压我一下，我压你一下，一个哼哧哼哧，一个咿咿呀呀！

二傻羞红了脸，气得发抖，他破口骂：

"你妈麻屄王财贵，你不日你娘，跑来日我娘干啥子？你妈麻屄哩。"

王财贵和二傻娘惊慌失措，四下里到处找二傻，老半天才发现二傻架在檩梁上。

二傻娘恐怕二傻跌落下来，吊着两个大奶子跳下床，张开双手，说：

"二傻哩，你慢慢下来，慢慢下来，莫摔下来了。"

二傻骂得了王财贵，却不知如何骂自己的娘，他羞愧难当，从檩梁翻回到马栏上，一溜而下，等他娘穿了衣服出来叫他，他早跑出了村子，跑向了牛背村。

二傻一路想，一定向外公外婆舅舅姨姨们告状。可是，这么丑的事，郎个开口呢？二傻又决定，不告状了。他跑到牛背村，找老六歪嘴他们去了。好久不见着他们了，不知他们还打不打泥巴仗？这段时间，二傻肚子里头有了一点苞谷糊，又有了一点儿力气，又想到了打泥巴仗。二傻还想，今晚和哪个睡呢？就和老六睡吧，老六的脚丫子臭，那张铺盖①却厚哩，软和哩。

二傻啥子都想到了，就是没有想到他这一跑，把他娘羞得要吊颈，绳索都挂到梁上了，又被王财贵硬扯了下来。

"二傻这个崽哩，肯定是到我娘家告状去了，我以后还有啥子脸见人哩，我郎个办办哩，呜……呜……"二傻娘扑在王财贵的怀里哭诉，"二傻爹才死多久？我就和他叔睡了，说出去，我不自个去死，人家都要骂死我哩，呜……呜……这杆子，二傻在哪里？我郎个敢去找他？我羞见他哩，呜……呜……"

王财贵抚着二傻娘的背，突然说：

"我肯定也要死。"

二傻娘捂住王财贵的嘴，说：

---

① 铺盖，桂西方言，被子。

"不许你说这种话。"

王财贵说：

"偷粮我也有份，大哥挨枪毙了，我还跑得了？下一个就是我哩。"

二傻娘惊恐万状道：

"你死了，我就没依靠了。"

"所以我们得想个不死的法子。"

"有啥法子？"

"逃！"

二傻娘又是惊恐万状：

"你说我们私奔？"

"对。"王财贵说，"我认识一个朋友，在贵州挖矿，他说活路险是险了点，但天天吃香喝辣，我们找他去。"

二傻娘想了想，说：

"二傻郎个办？"

王财贵说：

"那么多亲戚，你帮一点，我帮一点，你还怕他饿死不成？过段时间，我们日子好过了，就来接他走。"

二傻娘倒到王财贵怀里，心想，要想活下去，就只能这样了。

二傻突然想家了。他掰指头一算，他跑出来都五天了。娘郎个了呢？还有马。爹死娘哭时，他安慰娘，说他以后不偷懒了，放马割草他全包。这样一想，二傻告辞了老六、歪嘴他们，向王家坳跑转去了。

该是吃晌午饭的时候，家里却静悄悄的。马栏里的马不见了，娘放马去了吗？还是哪个把马借走了？马要是借走的，那娘做啥子？又在和王财贵屙屎吗？一想到那个情景，二傻脸又红了，浑身又颤抖起来。他走到虚掩的门前，听了又听，一点动静也没有。他干咳一声，仍没有回应。他慌张起来，猛一推，门开了。他一个个房屋看了，没得一个人影。水缸的水是满的。柴火码得比他高，大部分是新砍新劈的，一年都够烧了。米缸的苞谷竟然满到了口，娘一次磨那么多干啥子？

二傻到火塘边，拿条木柴刨了刨火灰，还有火柴头大小的火子，二傻心里头高兴了一下，娘没有走远哩。二傻很快又空虚起来，他突然有种很孤独的感觉。他丢下木柴，叫了一声"娘"，没有应声，二傻走到大门口，伸长脖子，又叫：

"娘——"

二傻的叫声大，村里许多人都听到了，有人走了出来，说：

"二傻，你这几天去哪里了？你娘急死了哩。"

二傻问："我娘哩？"

那人摇摇头，不说话，一脸的悲悯。

二傻又拉长声调，大声地叫道：

"娘——你去哪里了？"

这时，三爷驼着背，一步一咳走了过来，他拉起二傻的手，说：

"二傻，到三爷家，三爷有话和你讲哩。"

到了三爷家，三爷拿了一块拳头大的红苕递给二傻，一边看他吃，一边说：

"二傻，今年多大啦？"

"十二啦。"

"十二岁还小不小？"

"不小啦。"二傻一边啃红苕，一边自豪地说，"我能放马、打柴、种粮，三爷你记得不，去年我带头种的红米菜，救了一村子人哩。"

"哦，那就好。"三爷欣慰而又苦涩，"你娘走了，你往后要一个人过活哩。"

二傻瞪大了眼，火烧火燎问：

"我娘走了？走去哪里了？"

三爷指了指远处的山，说：

"去了山背后的贵州了。"

贵州二傻听说过，是个遥远神秘的地方。二傻拔腿就跑，他要到山背后去找娘。

"二傻，你去哪里？"三爷大声喊。

"去山背后找我娘。"

"你给我回来。"三爷说，"你娘不是在山背后，是在这些山的背后。你晓得这些山有多少吗？无数哩，数不清哩，你走得完吗？回来，你快打转回来。"

二傻掉转头走了回来，他眼泡里噙着泪，哽咽道：

"三爷，我再也见不着我娘了吗？"

"不会哩，你娘会回来哩。"三爷沉重地叹了一口气，语气旋即变得凶巴巴起来，"王财贵那狗日的，不得好死哩。"

很多年以后，有人从贵州回来，说王财贵下矿井被塌方压死了。二傻娘带着一个和王财贵生的女儿，被一个赶马帮的云南人拐走了，不知拐去哪里，再没有音信了。

屋里原来有婆、有爹、有娘，现在只有二傻一人了。那晚睡在空荡荡的屋里，二傻怕极了，他蜷缩在铺盖里头哭，哭了很久。二傻突然不哭了，他想，哭有啥子卵用，以后自己是大人了，要自己养活自己哩。

中卷

1975 年前后的事

第一章

一

　　王家坳这一年风调雨顺，粮食丰收，交完了公粮，还有一背篼一背篼往家背。像红苕之类的东西，半箩筐倒到了猪栏里，让猪哼哼哧哧，啥子时候想啃了，就啥子时候啃，幸福得很。

　　十多年前那场饿死了许多人的饥荒，已渐渐在王家坳人的脑壳里淡化。后来生的娃崽，跟他们说，他们会说："连个红苕都没得吃，你骗鬼哩。"

　　孤儿王二傻，小时候精瘦，像个猴子，现在已经长大成二十来岁的小伙子了。村里人都说，二傻比他爹还要高大，夯实得像块秤砣。早些年里，他如了王财贵所说，许多的亲戚，你帮他一点，我帮他一点。就算不是亲戚，念想他爹是为大家不挨饿死而死的，也都有良心，也都你帮一点，他帮一点。二傻吃百家饭，穿百家衣长大的。二傻腿长粗了，肩膀硬了，嘴唇上长出了毛须须后，二傻就不用人帮了，倒过来，他去帮人了。村里人也说，二傻确实有点傻，像他爹，傻到李书记说共产主义来了，他就信了，就真的把村里的粮全部背到公社炼钢场"共产主义"了，傻到去偷国家粮仓的粮，吃是大家吃，死是自个儿死。

　　说二傻"傻"，有根有据。他去公社赶场，买猪崽，买了一头，起身要走，看到关猪崽的竹笼外趴着一只站不起来的，就问人家："这头猪崽郎个了？"人家答："病了，快死了，等杆子丢到沟里去。"他说："半价卖给我好不？"那个人家喜得合不拢嘴，连声说好。人家都说丢到沟里去了，等于说不要了，你想吃病猪肉，就说帮你提去丢沟里了不就成了？硬是出了个半价给人家。

二傻不是想吃病猪肉，他觉得那头猪崽还会动，还有气，还会睁一双圆溜溜的眼望着他，眼神痛苦，可怜哩，二傻就起了悲悯心，想把它的病治好。

从公社赶场回来，路经牛背村，二傻拐了一个弯，到牛郎中家讨药。牛郎中看了看病猪，一边说"没得救了"，一边就开了几服草药，交代二傻，熬成汤了灌给病猪，治不治得好，听天由命。

那是年头的事了。这一年风调雨顺，对二傻来说，更是事事顺，事事成，事事开花结果。他从生产队分回来的粮多得堆成了小山，自留地里的红苕老到冒出芽芽了，他都懒得去挖回来，养几只鸡成活了几只，养两头猪，长大了两头。那头病猪崽，病不但治好了，而且飚一样长，那头好猪都赶不上。到了年尾，两头猪肥得走不动。根据国家规定的购一留一政策，二傻请人帮忙，将一头抬到公社食品站，派购给国家了，另一头留在栏里，等着腊月一到，杀年猪，自己吃。

二傻割茅草，请人帮忙翻修了十多年没翻修的茅屋，还买了两套新衣裳穿上。他吹嘘说，他养的年猪是全村最大最肥的，有人眼红了，说：

"二傻，你牛啥子卵，你到过县城吗？"

二傻说："县城算啥子麻尿，老子百色都去过呢。"

百色是地区，比县城遥远了许多，二傻县城都没去过，何况百色了。那人知道二傻最远就到过公社所在地玉里街，居然吹牛屄说到过百色，说谎都不脸红呢。那人一恼火，便吹更大的牛，说：

"到百色算条卵，老子南宁都去过哩。"

"老子跟你说中国的地方，你说外国的干啥卵？"二傻争辩道。

那人哈哈笑道：

"你妈麻屄二傻哩，南宁是外国的？南宁是我们的区府哩！哈哈……"

二傻努力想了想，终于依稀想到十多年前他上小学，老师上课时说过"南宁"。二傻脸红了，讪讪一笑，这场口舌算是认输了。认输了不等于服气，二傻说：

"你吹啥子牛屄？你最多也就到过县城，老子过年前就到县城走一趟给你睇。然后明年去百色，后年去南宁，你信不信？"

那人又哈哈笑道：

"你看你看，又吹牛屄胡说八道了是不是？你这个麻屄样，到玉里街转一转就差不多了，到南宁？哄鬼哩。"

二傻说："你等着睇！"

二傻要到县城走一走的消息像风一样，很快刮过了全村。生产队长春杏爹去过县城开"三级干部"会议，他找上门对二傻说：

"二傻，县城里吃一碗素粉都要七分哩，住一晚国营旅店更不得了，狗日的收你一块二哩，那地方你去得了？"

二傻干脆利落道：

"去得了。"

二傻找出杀猪刀，在磨石上霍霍磨了一阵子，然后找人来帮手，把年猪杀了。年猪差不多两百斤，净肉也有一百二三十斤，一半腊了慢慢吃，一半驮到玉里街，卖得了百把块钱。百把块钱，成富人了，揣在腰袋里，腰杆都直了许多。

王家坳的人都相信二傻要去县城走一转了。很多人找上门，托他买手帕的、年画的、娃崽过年新衣的、脸盆的，甚至热水壶的。这些东西，公社供销社都有卖。大家都说，县城的更漂亮，品种更多，玉里街那个小小平房里的百货有多少？哪里能和县城的比？县城的叫百货大楼，有三层高哩，走一圈，几个钟头也走不完，看不完哩。这是春杏爹说的。春杏爹去县城回来，把他的所见所闻添油加醋说了一通，把一村的人说得口角挂了口水，流过了下巴，都忘了抹一抹。

托二傻买货的人太多，货物五花八门，二傻怕记不住，便逐一登记在一张纸上，有的字不会写，如水壶的壶字他就不会写，他就在水的后面，画了一个像水壶的图。托他买货的人，有的给钱了，有的没给，给的在名字后面写了数目，不给的就打个叉。二傻想，自己腰包胀鼓鼓的，先垫几个钱怕啥子？怕货买回来了人家不给钱呀？

别人先给的钱，加上自己的钱，差不多两百块，二傻啥时候见过这么多钱？更别说怀里揣过这么多钱了。他用一块手帕把这些大到十块、小到一分硬币的两百块钱包成一包，小心翼翼藏到棉袄里的衣兜里，用别针将口袋别死了。这也是春杏爹教他的。春杏爹说，县城小偷多，藏在屁股缝里的一分钱都能给他们偷走呢。二傻不太相信，贼有那么厉害吗？春杏爹把别针都给他找来了，他便也依着做了。

去县城有一百多里地。从王家坳到公社全是崎岖的小路，不好走，从公社到县城是公路，通车。春杏爹告诉二傻，沿着公路一直走，看见有高楼的地方，就是县城了。

天麻麻亮，二傻牵着他心爱的枣红大马出发了。一百多里地，二傻紧赶慢走，在一座座大山里转来转去，转到夕阳西下，转出一个三岔口，眼前的山突然矮了，远了。矮了和远了的山围成了一个圆圈，像个巨大的盆，盆底中央就是县城了。二傻的脚杆挪不动了，他何时见过这么多房子？房子又高又大，一片连一片。一条又宽又长的河流经县城中央，一座石桥卧在河上，倒映在清凌凌的河水里，像河水里也有一座桥。

从岔口下到山脚，再走到在盆底中央的县城里，还有一段路。腊月里，日头短，山巅上还有一抹夕阳没有消逝，天就开始暗了下来。二傻走进县城时，一盏盏灯亮了起来。万家灯火这个词突然跳到了二傻眼里。二傻上小学时，语文老师给他们解释，说万家灯火比喻灯火很多，像天上星星那么多。此刻，二傻觉得天上星星郎个有县城的灯光多呢？郎个有这些灯光漂亮呢？二傻想，春杏爹就会说县城小偷多，郎个就不说说县城的灯光这么漂亮呢？

问了好几个人，在县城里转了又转，转得头晕，终于找到了国营旅社。

旅社是一座三层钢筋水泥白楼，在二傻眼里，它高大巍峨。楼里灯火通明，大门有人进进出出。楼边是国营饭店，也是灯火通明，也有人进进出出。二傻闻到了从饭店里飘出来的酒肉香味，他忍不住，咕隆吞了一口口水。他心里暖融融的，有种到家了的感觉。他想，等住下来了，洗一个热水澡了，换一身干净衣裳了，就到饭店里，整它一大碗肉，再加二两烧酒，就成神仙了。没日没夜干了一年，腰包胀鼓鼓，也要享受享受城里人生活。这样想着，二傻把马系到旅店与饭店之间的一棵苦楝树树干上，从马鞍边取出褡裢挂到肩上，再取出半口袋苞谷，套到马头上，任由枣红马慢嚼快啃，然后走进了旅社。

旅社大门边有一个半人高的案台，案台上立一木板，上书

"服务台"几个字。一中年女服务员坐案台后打毛线衣。见有人进来了，女服务员抬抬眼，目光在二傻身上扫了扫，撇撇嘴，没说话，低头又打毛线衣。第一次和城里人打交道，二傻心跳得厉害，他吞了几口口水，稳住了慌乱，从褡裢里抓出了一大抓核桃，放到案台上，又抓出两个红得诱人的软柿子，也放到案台上，方说：

"大姐，我要住宿哩。"

拿出点东西，沟通沟通感情，是春杏爹教的，二傻记着了。春杏爹还教二傻，管旅社的人叫"服务员"，二傻没有记着，一慌，脱口叫了声"大姐"。

想不到，一声"大姐"把女服务员心里叫热了，她瞟了一眼台上的核桃和柿子，脸上有了笑容，她放下手中的活，说：

"这么晚了，从哪里来？"

二傻说："玉里。"

女服务员哟一声，说："一百多里哩。"

二傻说："不止哩，我家王家坳到玉里还有二三十里哩。"

女服务员又哟一声，说："坐车来的？"

二傻说："没有，走路来的哩。"

女服务员瞪大了眼，说："两百里地，你就两条腿一天走来了？"

二傻说："不哩，还牵着一匹马，走累了，就骑骑马，后来我看马也走累了，就不骑了，主要是走的哩。"

女服务员说："马怕什么累？人才怕累，你应该主要是骑马来。真是二傻！"

二傻咧咧嘴说："是哩，我就叫二傻。"

女服务员咯咯笑了。城里人的笑声真好听，二傻慌乱消失了，他想，春杏爹乱讲，说啥子城里人不好说，没有嘛。

女服务员停下笑，伸出手，说：

"拿来。"

二傻解开棉袄扣，掀开了，又解开口袋口的别针，取出了手帕包，放在案台上摊开了。

女服务员的眼发出了绿光，她一个月才二十八块工资，这一包，没有两三百？她一年都没有这么多呢？这个农村崽，去哪里搞到这么多钱的？女服务员警觉了起来，她对二傻递过来的一块二看也没看，只说：

"拿来。"

二傻说："这不是钱吗？"

女服务员说："我是问你要证明。"

"啥子证明？"二傻懵懂了，"春杏爹没有告诉我，要啥子证明呀。"

春杏爹到县城开"三级"干部会，有名单，住旅社对名单就成，他哪里晓得单个来住，要开证明呢？

"春杏爹是什么人我不晓得，我只晓得你不拿证明来，就不能给你登记住宿。"

女服务员抓起毛线，又干她的私活。

二傻急顿顿说："证明去哪里开？"

女服务员说："到你们大队部去开，要盖有大队公章才成。"

妈哩，到牛背村去开，那不等于要转回去了呀？二傻可怜巴巴说：

"大姐，回大队部又要走两百多里，你就高抬贵手，让我住一晚吧。"

女服务员翻翻白眼，说：

"上次有个流窜犯，就骗了我，没证明让他住了，好在我发现了疑点，报告了公安，把他捉了，不然我就见鬼了。你身上那么多钱，又没有证明，说不定也是个流窜犯呢，阶级斗争你晓不晓得？复杂呢！"

流窜犯不就是坏人吗？你妈麻屄哩，把老子当坏人看了！还阶级斗争哩，老子贫农出身，和我讲啥子阶级斗争？二傻差点叫骂起来。女服务员见二傻不服气的样子，白眼又一翻，说：

"是不是叫我打电话报公安？"

二傻吓得一抖，屁都不敢放一个了。城里人气势高，二傻自觉不自觉就觉得低城里人一等。春杏爹说对了，城里人真的不好说哩。

把钱重新包好，收好，二傻悻悻地走出旅社。他本来想核桃和柿子也收回来，手都伸出去了，又收了回来。他想，送出去了又收回来，不是羞他人，是羞自己哩。

出了旅社大门，二傻抬眼一看，大吃一惊，一个腰间系着一张白手帕的黑脸大汉，举着一根手胳膊粗的柴火，正要打他的枣红马。

"你要干啥子？我的马惹你啥子了？"二傻急忙叫。

黑脸大汉一柴火打到马屁股上，说：

"干啥子？你这个乡巴佬，你看到没有，你的马在饭店门口屙屎呢，你快给老子扫干净，把马牵走，不然不但打你的马，还要打你狗日的。"

丢下柴火，黑脸大汉哼一声，转身进了饭店里。

安抚一下受了惊吓的枣红马，二傻解开马缰绳，冲饭店呸了一口，心想，老子马屎不扫，更不到你这里吃饭，看你咬我的卵吃。他一边想，一边走了。

走去哪里？自然是找住的和找吃的。转了老半天，居然再没有找到一家旅社和一家饭店。

快过年了，城里人开始煮粽子、炸油团、爆米花、挂腊肉了，那些肉香、米香、油香在空气中弥漫，一阵又一阵扑到二傻鼻子里。有一家人大概有了啥子喜事，请客吃饭，桌子都摆到了大门口了。人们的嬉笑声、划拳猜码声，声声入耳。二傻吞了几口口水，继续往前走。突然，传来了一阵震得耳朵嗡嗡响的歌声。二傻走到了电影院门口，刚好碰到散场。拥出来的人把一条街塞满。这么晚了，街上还有这么多人，城里人真多呀。这么多的城里人很快消失了。歌声戛然而止。眨眨眼工夫，街上又冷冷清清，偶有一个驼背老人提个火笼，像幽灵蹀躞而过。有几只叫春的猫和发情的狗，忽而翻滚成一团，忽而倏地散开，朝前狂奔而去，倒是热闹。

临街的人家开始关门了，最后一家的木板门嘎呀一声沉重地关上了，远不远一盏的路灯几乎同时也灭了。

二傻没有表，不知时辰，只知很晚了。饿和累，孤独和恐惧，一齐向他袭来。二傻想家了，想现在在家里的火塘边，一边烤火，一边烧红苕吃，多幸福呀。他无声无息哭了。

流着泪，漫无目的地走，走走就不哭了，走走就走出了县城，走到了河边的河滩上。这儿有一块巨大的石头，靠里一头挡着风。二傻把马绳系到一块石头上，把马料袋又套到马头上。看马打了一个响鼻，愉快地嚼苞谷去了，他才四下里摸黑捡来了一大堆树枝木棍破板皮，点燃了，二傻感到全身暖烘烘。二傻想，这不很好吗？去住啥子旅社，要一块二一晚呢。一块二，能买十多斤盐巴，差不多够他吃一年。不住旅社，就节省下来了。

这么一想，二傻高兴起来，他从裑褛里取出最后剩下的两块苞谷粑粑，两个煮熟了的鸡蛋，还有一个柿子几个核桃，他决定全部干掉它们，吃饱了，睡好了，明天精精神神赶街哩。

二

二傻这一觉真沉，太阳爬出山巅，眼看晒到他屁股上了，要不是有人在他身边叫骂，往他脸上泼冷水，他恐怕还不会醒来呢。

在二傻身边叫骂的是一个小老头。小老头早上到菜园里摘菜，一眼看到菜园篱笆被人拆去了一大片。再一看，看到了十多米开外的大石头下睡着的二傻。二傻身边有篝火，篝火边还有一小堆没烧完的木棍竹片破木板树丫丫，正是他菜园篱笆的用料。小老头暴跳如雷，破口就骂：

"哪里来的混蛋？敢到老子头上动土。"

骂了一句，二傻没动静，小老头走近了，一脚踢到二傻的屁股上，说：

"你狗日的是活人还是死人？"

见二傻还没动静，小老头走几步，蹲到河水边，捧来一捧水，全泼到了二傻脸上。

腊月间，河水冷得刺骨，水一泼过去，二傻打了个激灵，一下子就醒了。二傻明白就里后，老老实实把昨晚的经过说了。了解了情况，小老头转而骂国营旅社道：

"啥子鸡巴证明？有没有一点阶级同情心？"

二傻正说着，突然发现枣红马不见了，他惊叫起来：

"马，马，我的枣红马呢？"

小老头也一惊，说：

"啥子马？"

二傻指了指昨晚系马的石头，说：

"我的马昨晚就绑在这里的。妈哩，是不是给人偷走了？"

"有可能，现在有一帮贼，连银行的钱都敢抢哩。"小老头愤愤然说了，又安慰道，"也可能是马挣脱了缰绳，跑去找母马了，你快四下里找找。"

枣红马二傻养三年了，刚买回来时它刚刚断奶，还是匹小马崽呢，二傻呵护它像呵护自己的眼睛，把它当成家庭的一个成员。现在，它不见了！

这天是赶场天，把县城围起来的山，有许多的豁口，每个豁口都有一条小路。小路上满是来赶场的乡下人。快过年了，赶场天的人特别多，牵来的马也多。二傻在一条条小路上，在满县城里，再也没有看到他的枣红马。

天空晴朗，日头温暖，二傻却觉得整个世界浑浑浊浊，他像掉进了昏暗的冰窟窿里，浑身发抖。他想哭，满街的人，丢人现眼哩。二傻忍住泪，傻傻地站在街头，脑壳里一阵阵空白，一时间不知郎个办才好了。

"这个后生崽，马找到了吗？"

二傻回过神一望，是清晨碰到的那个小老头。小老头提个竹篮来赶场，他远远望到了站在那儿失魂落魄的二傻，便走了过来。

"找不着了。"二傻痛心疾首，"郎个办哩。"

小老头说："急也没有用，这样吧，我带你去派出所报案，或许公安能帮你找回来呢。"

二傻像抓到了一根救命稻草，连声说：

"好哩好哩。"

小老头说："县城的小偷多，你身上的东西要收好看好，不要又丢了。"

"哎哟，我的钱！"

二傻这时才发觉，昏头昏脑找了一上午的马，竟然忘了摸一摸钱还在不在。他赶紧伸手一摸，谢天谢地，那包钱，硬硬地还藏在他的胸窝里哩。马不见了，钱还在，算是还有一点安慰，他长长舒了一口气，说：

"钱还在哩。"

小老头说："在就好，但麻痹大意不得，那帮小偷，手段高呢。"

说话间，二傻跟小老头去到了派出所。派出所就在街边，大门像个牌坊，两边挂长形白牌子，上书隆西县公安局、泗城镇派出所，等等。见到公安局几个字，二傻的脚不由自主哆嗦起来，他清楚记得十多年前，他爹就是被县公安局一个姓何的公安，揪住了衣领，叫人捆起来的。那一幕久不久就在他眼前闪一闪。

值班的公安是个年轻的后生崽，他见了小老头，站起来，恭恭敬敬道："吴副局长。"

小老头说："啥子副局长，退了，叫吴伯成了。"

公安笑笑，说："吴伯，有事吗？"

小老头说："小杨，这个老乡的马被偷了。"

杨公安听了二傻的叙述，蹙眉道：

"你就睡得那么死，马在你身边被偷了都不知道？"

二傻说："走了两百多里路，困乏哩。"

杨公安说："县城有几个惯偷，我去他们家察看察看，有没有你被偷的马。不过，他们也不会那么笨，那么大一匹马，藏在家里别人能不知道？恐怕早就跑远了，带到哪个角落卖去了。"

二傻被杨公安的话一下说得充满希望，一下又失望至极。那匹马，值钱哩，有人出一百块钱他都没卖。钱是一回事，感情更是一回事，每天晚上他给马添料，听马喷了两个响鼻，才能舒心地睡去。枣红马呢，每次见了他都伸出温热柔软的舌头在他手背上舔来舔去。论干活，枣红马更是从来不会耍赖。眼下这一切都要失去了，二傻不顾丢人现眼了，捂着脸，呜呜哭了起来。

杨公安说："你哭有啥子用？明早你来一下，看我们帮你找回来没有。"

有了这句话，二傻的泪马上就止住了，他千恩万谢，和小老头走了派出所。

到了街上，小老头说：

"你记着小杨的话，明天来趟，说不定马就回来了。就这样吧，我赶场去了。你第一次来县城是吧？随便走走，去百货大楼看看，记着啰，钱莫给偷去了。"

二傻又是一通千恩万谢。待小老头的背影消失在赶街的人流里，他突然感到饿得发慌，浑身发虚。不把肚子填饱了，哪有力气逛街？二傻这样想着，转了几转，就转到了国营饭店门口。门口昨晚系马的苦楝树下，那十几个马屎蛋居然还在，有几个被踩扁了，几个被踢散了。还会碰到黑脸大汉吗？碰到了会不会叫他扫干净？他昨晚不扫，惹火他了，会不会真的打人？二傻想，饭店里和街上一样人山人海，这么多人，他就能认出了他？不可能吧？这样想了，二傻的心就不犯嘀咕了，腿也不打抖了，就挤进去了。

国营饭店吃饭真麻烦，在卖票窗口，一伙人像推人浪，挤得东歪西倒，挤出了臭汗，才挤到了窗口前。二傻第一次碰到这种场面，挤了几次进去，被挤了出来几次。他站在一边想，挤嘛，必须用力挤开别人，自己才能靠近窗口，不挤嘛，一天都别想吃到饭。吃不到饭，就走不动，走不动，郎个逛百货大楼？不逛百货大楼，就枉来县城一趟，枉来县城一趟不很要紧，要紧的是这么多人托他买东西，东西买不到，郎个交代？这样想了，二傻就决定挤了。他退到角落里，把棉袄扣解开了，掏出那一包钱，打开了，把一块钱攥在手里，再把那包钱收好，摁实。接着，他转到卖票那里，双腿撑稳，憋一口气，猛地肩膀一顶，几十个人挤成一团倒向了一边。二傻挤到了窗口前。

"你要吃什么，快说。"

卖票的是个年轻姑娘，漂亮，模样甜。她看得清楚，窗外买票的乱成一团，叫骂声四起，罪魁祸首就是这个人。她不禁也恼火，凶巴巴道。

"你凶啥子嘛，把最好的东西卖给我不就成了？"二傻不敢发火，硬装笑脸说。

卖票姑娘撕了几张票，拍到了窗台前，说：

"拿来，两块钱。"

吃一餐饭要两块钱？二傻目瞪口呆，良久，一脸讪笑，说：

"莫要这么贵的行不行？"

"你不是说要最好的吗？啰唆什么，快拿钱来。"

二傻背后有人窃笑，说：

"没得钱挤啥卵？快走！"

二傻回头看，嘲笑他的也不过一个乡巴佬，就一瞪眼，说：

"你狗日的叫啥子？老子就吃给你看。"

二傻说罢，干脆利索解开了棉袄扣，把那包钱取了出来。打开钱时，二傻听到后边的人群嗡了一声，全都目瞪口呆了，卖票姑娘也傻了，一脸不可思议的样子。二傻得意地从包里取出一块钱，连同一直抓在手里的那一块，拍到窗台前，然后捏起那几张票，连同那包钱，在手上抓紧了，一脚蹬到窗台下的墙上，一使劲，不费吹灰之力，就挤了出来。

把那包钱又放回胸窝里，稳妥妥压了压，二傻才转到了另一个要挤的地方：领饭菜的窗口。二傻有了挤的经验，一挤两挤，就挤了进去。

四张票，换来了四碗饭、四盘菜、四碗汤。二傻傻眼了，说：

"这不是四份饭菜吗？"

打菜舀饭的是个中年妇女，长得慈眉善眼，有一副好耐性，好态度，她说：

"对呀，四张票就是四份饭菜呀。"

二傻说："我是说要最好的呀。"

中年妇女挥着手中的长瓢，一个个点着菜盘，说：

"对呀，这是最好的呀，你看，这是猪肉，这是鸭肉，这是鸡肉，这是鱼，你们四个人一起吃，就样样都能吃到了。快拿走吧，后边人等急了。"

妈那个麻屄的，被卖票的女娃耍了！二傻心里骂着，想找卖票的姑娘论理。这时，肚子一阵咕噜狂叫，嘴里像伸出了无数条舌头，恨不得一股脑将这些东西全吃了。二傻不气了，把菜放到饭上，高高举过头，挤出挤进两次，饭菜，还有汤全都搬了出来。

二傻坐下来，还没举起筷子，头嗡的炸了：棉袄的扣啥时候解开的？伸手一摸，妈哩，藏在腰窝里头的那包钱不见了！

二傻丢下筷子，惊叫道：

"有小偷，有小偷，小偷偷我的钱了！抓小偷呀！"

挤的人停下了挤，吃饭的人停下了吃饭，所有的人瞬间都定格了下来。二傻冲到刚才他挤来挤去的地方，挥了挥拳，没有一个人说自己是小偷，额头上更没有谁写着小偷两个字，这拳头向谁挥去？二傻的目光扫出了饭店门口，见一个人正在急匆匆离去。他猛然想起，就是这个人，刚才他挤去领饭菜时，他也跟着挤。他挤来挤去，不领饭菜，反而向门外走干啥？二傻大叫一声："站住！"向大门口追去。

那个人没有跑，反而转过身，对跑到了他面前的二傻说：

"你叫我站住？"

二傻一把抓住那个人的胸口，大声叫：

"就是叫你站住！你这个小偷，快把我的钱拿出来。"

那个人不慌不忙一抬手，打落了二傻抓他胸口的手，说：

"你说我偷了你的钱，有啥子证据？"

二傻愣怔了一下，说："证据就在你身上。"

"你搜，搜不出郎个办？"

二傻又愣怔了一下，说："搜出了又郎个办？"

说着，二傻就在那个人的上下口袋里摸，连裤裆都摸了一下，啥子也没有。

二傻疑惑，想到春杏爹说几个人合伙偷一个人的事，便说：

"你们几个小偷合伙，你早把钱转给别人了？"

那个人不说话，突然一拳打到了二傻的胸口上。二傻还没反应过来，旁边又冲出了几个人，他们一齐向二傻拳打脚踢。其中一人对四周看热闹的人说：

"我哥是好人，他竟然说他是小偷，这个乡巴佬，我看他才像小偷。打呀，你们都来打小偷呀。"

二傻搜了一个身上没有他那包钱的人，理亏哩，何况他们几个人一拥而上，二傻招架不住，被打翻到地上。

正在这个时候，不远处传来了吼声：

"搞啥子名堂？郎个几个人打一个人？"

有人说："李主任来了。"

有人说："是哩是哩，是李主任来了哩。"

打二傻的那几个人一哄而散，消失在了赶场的人群里。

三

王财福偷粮事件发生后，李书记派玉里街的民兵，从别的几个生产队软硬兼施，硬是把六百斤苞谷收集够了，并没有影响军备物资的调拨。不过，有人打小报告，说李书记不但有意不在王家坳搜出那六百斤被盗苞谷，他还同情王财福，将自己一个月的定量粮派人送给了王财福的家人。这事说大不大，说小不小。县委书记出面保他，将他调到另外一个公社了事。

十多年前的事，到了现在，早就淡忘。后来李书记凭着自己的工作能力，调到县里任主管农业的副县长。"文革"他成了"走资派"，罪名之一竟说他整天把"麻屁"挂在嘴上，粗俗得不得了，哪像个副县长。这条罪名，李副县长哭笑不得，诚恳接受，保证今后改正。他戴了几次高帽，游了几次街，被县中的红卫兵打了几拳，抽了几皮带，然后"靠边站"，到"五七干校"劳动改造了几年。几年里他老老实实，没有反动的言行，更不把"麻屁"挂在嘴上了，倒也平安无事。县革委成立后，那几个头头均是造反派和县武装部的那几个武夫，他们搞造反，大张旗鼓声势浩大，搞生产建设，搞得乌烟瘴气，找不着北。最终，李副县长被"结合"进了县革委，成了李副主任。再过一年多，县武装部头头和造反派头头杀人太多，追查下来，捉去坐牢了。李副主任变成了李主任。

李主任体恤民情，赶场天，特别是过年前的最后一个赶场天，他要上街看看。他独自一人走出县革委大院，刚走进街里，就看见饭店门口有几个县城街上的人在打一个乡下人，他不由得大声吼了起来。

二傻坐起来，感觉鼻孔有股热流，抬手背一抹，竟是血！

马不见了，钱被偷了，抓着小偷反被小偷打一顿，委屈不打一处来，他哇的一声哭了起来。

李主任掏出手帕，翻过干净的一面，一边扶二傻起来，一边帮二傻抹鼻血。这时有人采来了百花草，揉成一团，塞进了二傻流血的鼻孔里，血就不流了。

李主任问：

"郎个回事？"

二傻抽抽噎噎，不及答，周围的人就七嘴八舌把情况说了。

有人说："小偷肯定就是那几个人。惯偷了，不知多少个乡下人被他们偷了哩。"

李主任说："那你们为啥不把他们抓起来？"

那个人说："抓小偷要人赃俱获，不然说不清楚，反倒挨打，像这个人，是不是？"

县城有一伙惯偷，李主任早就听汇报知道了，他指示县公安局抓几个杀鸡给猴看。小偷是小偷，犯不上大罪，抓着了，最多拿去"劳教"年把两年，放出来了还不一样偷？让人脑壳痛哩！李主任叹了一口气，问二傻：

"挨偷了多少钱？"

"两百多块哩！呜呜，呜呜呜，大部分钱是乡亲们托我买东西的哩，现在一分钱都没得了，我郎个办哩。呜呜呜……"二傻哭诉道。

李主任吃了一惊，他这个县委主任三个月的工资加起来也没有这个数多呢。他指示闻讯赶来的县委秘书赶快去叫公安，然后问二傻：

"你是哪里的？乡亲们托你买啥子嘛，那么多钱！"

二傻停下抽噎，抹几把眼角，说：

"我是玉里公社牛背村大队王家坳生产队的。王家坳的乡亲们没有几个到过县城，晓得我来，要我帮买县城的东西，就多了……"

二傻还在说，李主任却没有听下去了，他眼里出现了王家坳的一景一物，一个个他熟悉的面孔。他盯着二傻，良久，迟疑道：

"你是二傻？"

二傻吃一惊，抬手把眼角的泪擦了又擦，朦朦胧胧中，李书记十多年前的形象浮现了出来。

二傻想到了那棵泡桐树，想到他爬在树上，盼呀盼呀，就盼着李叔到他们家来。二傻当然还想到他爹是郎个死的，也想到二傻在娘和二叔私奔后，他是靠李叔的资助粮活了下来。他三爷临死时，牵着二傻的手，说以后碰到了李书记，莫忘了说一声谢谢哩。好的坏的，亲切的憎恶的，李书记的形象越来越清晰。二傻顾不得丢人现眼，叫了一声"李叔哩"，哇的又大哭了起来。

往事并不遥远，王财福，他最熟悉最要好的农民朋友，死了！他的儿子，当年那么个小不丁点，现在长得比他爹还硬朗了。他和他爹一样，也在受着磨难！李主任百感交集，眼眶不禁也红了。

这时，公安来了，还是昨天那个年青崽小杨，他一见二傻，就说：

"你干啥子这么倒霉呀，你的马还没有找回来，那么多的钱又被偷了，哎呀呀！"

李主任问：

"马是郎个回事？"

杨公安把二傻的马被偷的经过说了。他看得出二傻和李书记有关系，卖乖了一句：

"李主任你放心，那帮惯偷我一个个抓了，扒了他们的皮，也要审出个结果来。"

李主任真想骂一句"妈那个麻屄"，忍住了，他皱眉道：

"关于小偷，这样的话，你们公安局的人说过不知多少次了。这次不同，这次是一匹马和两百块钱的大案件，你们一定要破案！"

李主任说罢，又对站在一边的县委秘书说：

"这几天你多到公安局去，督促协助他们破案。"

都说了，李主任才对二傻说：

"莫哭了莫哭了，跟你李叔走，到家里去，叫你婶娘给你煮好吃的。哎呀，以前到你家去，你娘都煮好东西给你李叔吃哩，你娘她还好吧？"

"跑了。我爹死不久，就和王财贵那个狗日的跑了，没有再回来了。"

李主任心头一震，又一沉，良久说不出话。王财贵他认识，当年在玉里公社炼钢场，他散布谣言，被他痛骂一顿。想不到这个人把他堂嫂勾走了，人心不古，世事难料啊。李主任叹一声，又问：

"你婆哩？"

"我婆死得早一点，那年腊月三十，被野猪撞死了。"

李主任嘘嗦着想，这些事发生时，他还在玉里公社呢，郎个就一点也不知道呢？官僚啊！他推算了一下，那一年二傻不过就十一二岁，还是个不懂事的娃崽呢，就当孤儿了，就一个人走过这十多年了，这十多年日子好过吗？唉，难为他了。这么一想，李主任眼眶又红了，他说：

"二傻，苦日子你熬过来了，都长大了，以后有好日子过哩。"

二傻惊喜地问："李叔，你说的好日子，是不是你以前讲的共产主义好日子？"

李主任苦涩地笑了笑，说：

"二傻，有的事得慢慢来，就像刚蒸出来的糯米粑粑，香哩，甜哩，好吃哩，但你能一口就吃下去吗？那不烫死你呀？"

二傻似懂非懂哦了一声，停了片刻。他突然想起三爷临终叮嘱，又说：

"李叔哩，那年你托人给我们家捎来了三十斤粮，其中五斤是大米，大恩大德哩，不然我熬不到夏收，饿死了哩。"

"有这回事吗？"

李主任摇了摇脑袋，努力追忆了一下，似有似无，记不起来了。有的事，别人做的，自己一辈子忘不了，时不时就闪到眼前；有的事，自己做的，别人铭心刻骨，自己却忘了。人就这样，李书记感叹道：

"十多年了，别提它了。"

说话间，二傻跟在李主任身后，走出街，进了县委大门，穿过大院，到了后面的一排平房，在中间的一间房门口，李书记一边敲门，一边说：

"老林老林，快出来看看，王财福的儿子二傻，都长这么大了。"

"老林"当年在玉里公社广播站当广播员，人称"林广播"，二傻跟他爹去赶场，到李书记家吃饭，经常是林广播动手炒菜。那时她还没有嫁给李主任，是个漂漂亮亮的姑娘。

二傻在李主任家一住就是五天。

过后村子里有人说："住五天？闷死了哩？"

二傻说："你晓得条卵，县城那么大，五天都没有耍完哩。"

那五天，二傻天天逛街，县城的大街小巷逛半天就逛完，二傻逛了又逛，像百货大楼，他就天天去逛，把乡亲们托他买的东西，仔细回想，又一一记到了一张纸上（原来那张单子同钱包在一起，也被偷走了），只等公安把案破了，钱追回来了，他再来把这些东西一一买下。

第四天下午，县公安局长和县委秘书一起来到李主任的办公室。李主任一看他们一脸的晦气样，就叹了一口气，知道案件一时两时破不了了。

那天半夜，二傻很突然醒来。一醒来就听到里间李叔和林广播在说悄悄话。

李叔说："案件一下破不了啦。"

林广播说："那怎么办？"

李叔说："马是没办法了，钱一定得给二傻补回去，那里头有大半是王家坳的乡亲托他买东西的呢。"

林广播说："你的意思是？"

李叔说："把我们的存款取一半出来不就成了？"

林广播说："那不成！儿子就要结婚了，我们没有一两件像样的东西给他成什么样？还有，我们的衣柜又小又破早该打一个新的了。这些你想过没有？"

李叔叹了一口气，说："怎么没想过？老林哪，王财福的命案，我一直觉得我负债哩，现在他儿子有难了，我不帮，这债就更沉重了，帮了，就减轻一点了。你能理解吧？"

二傻听到林广播也叹了一口气，然后再没有动静。

二傻把铺盖蒙住头，默默流泪了。

第二天大早，李主任对二傻说：

"二傻，今天莫去逛街了，你被偷走的钱追回来了，等下你姊娘带你去百货大楼，要买的东西都买了。十点多钟，有辆货车去玉里拉货，你坐顺路车回去吧，快过年了，乡亲们等你的年货等急了哩。"

李主任说着，把两百块钱塞到了二傻手上，又说：

"二傻，马找不着了，但钱还在，就是不幸中的万幸了。"

二傻的泪冒了出来，他双腿一软就要跪下去。李主任咦一声，拦住二傻，说：

"二傻，你这是干啥子嘛？动不动就哭，不像男子汉，跪更不像话，我们不兴这个。"

二傻把泪一抹，说：

"不哭不哭。"

二傻心里仍在哭，他想好了，等回去了，把全部腊肉、余粮，还有十多只鸡全卖了，这二百块一定给李叔补回去。

照着单子，乡亲们托二傻买的东西，二傻很快就买齐了。十点多钟，一辆货车准时来到了县委大门口。

李主任提了一大包东西放进驾驶室，让二傻拿回去分给老乡们，然后把一件军大衣披到二傻身上，说：

"没啥子好东西送你，这件棉衣暖和，拿去穿吧。"

二傻进到车头的副驾驶位置坐好了，李主任又说：

"二傻，过了年，啥子时候想来县城耍了，就来，李叔管你吃住。还有，碰着困难了，别忘了找李叔，李叔能解决的，一定给你解决了。"

二傻使劲地点头。他希望车快点开，不然，他又要流泪了。他不想老让李叔看到他流泪哩。

第二章

一

王家坳震动了，沸腾了，人们奔走相告：

"二傻回来了！穿李书记送的军大衣，坐李书记的大卡车回来的哩。"

人们都以为二傻去县城最多三天就回来，不料一去就是六天。从第三天开始，有人开始议论了，说二傻带着乡亲们的一百多块钱跑到云南找他娘去了，不回来了；说二傻被响马抢劫，挨了刀了，丢命了；说二傻有蛮力，英俊，被县城姑娘看上，上门当女婿了。春杏爹说：

"二傻是那号①人吗？你们说啥子麻屁话！再等两天，二傻肯定转回来。"

再等两天，二傻果然转回来了。

那天晚上，全村的人都挤到了二傻家，既拿托他买的东西，更想听他说在县城的所见所闻。

二傻穿着军大衣，在人群中，时而坐，时而站，眉飞色舞，唾沫横飞，天花乱坠，把这六天来的神奇经历吹了一通。当然，二傻分寸掌握得很好，该添油加醋的添油加醋，该缄口不谈的

———————————

① 那号，桂西方言，那样的。

缄口不谈。滔滔不绝、手舞足蹈中，二傻终于说了过头话：

"李叔叫我过了年去找他，他在县城给我找份工作，也让我吃国家粮哩。"

一村的人把眼都瞪成了小灯笼，"国家粮"那是随便吃的吗？想吃就吃的吗？整个王家坳，从古至今，没有一个人吃得到哩！

二傻郎个想得到，这句话，让他往后的经历复杂起来了。

有人突然想到了二傻的枣红马，郎个没见牵回来呢？便问：

"二傻，你的枣红马呢？"

二傻愣怔了一下，脑瓜子飞快转了转，说：

"我是坐李叔的大卡车回来的，马郎个牵得回来？反正过了年我要去县城工作，马就先放在县委食堂，帮他们驮柴去了。"

二傻一下子把牛皮吹大了。

二傻一下子不但在王家坳，就是在周边几个村，都出了名。马上就要吃国家粮了，上门提亲的就多了。二傻二十二三岁了，在农村，早该娶媳妇生娃崽了，过去有人嫌二傻穷得叮当响，不愿嫁过来，愿嫁过来，二傻却嫌人家丑，不愿娶。一拖再拖，二傻就到了二十二三岁还没娶到老婆。这下不同了，原来嫌二傻穷的抢着要嫁过来了。

春杏爹说："二傻，你晓得原来嫌你穷，这杆子又想嫁给你，是为啥子吗？"

二傻说："我又不是傻子，还不晓得为啥子吗？晓得我要吃国家粮了，就不嫌穷了，这不等于是看上了国家粮那几个字，而不是看上我吗？"

春杏爹说："对哩，嫌贫爱富的人要不得哩。这种人，今天你吃国家粮了，嫁给你，明天说不定你不吃国家粮了，就弃你而去，这种人，要不得。"

二傻一副俨然要去县城吃国家粮的样子，说：

"是哩是哩，这种人要不得。干脆，我一个都不要，等到了县城，找一个城里姑娘带回来，让那帮势利眼看看。"

在县城，二傻见着了许多城里姑娘，特别是百货公司卖货的那几个姑娘，漂亮哩，见二傻和李主任的关系，对他笑得动人，叫二傻心痒痒。二傻何曾想过娶她们中间的一个？想都不敢想，梦都梦不着。那天在百货大楼，他花七角六分钱，买了一张最贵的花手帕，林广播问他买给谁，他答不出，林广播偷笑，说他不好意思说。他真的不晓得买给谁，反正就买了。

现在，二傻拿着这张花手帕，犯难了，总不能像甩炮、泡泡糖那样，随便送给一个娃崽吧？应该送给一个姑娘，送给谁，想来想去，二傻突然想到了春杏。

二傻敢保证，让春杏穿上城里姑娘穿的那些漂亮衣裳，多少城里姑娘不敢跟她比。她的眼珠像两颗刚被雨水淋过的葡萄，又黑又干净；眼角细长细长往上翘，像杏仁；眉毛不用去修剪，活活就是两张柳叶。她的皮肤白里透一层粉，如了快要熟的桃子。十七八岁了，奶子胀哩，屁股圆哩，腰杆细哩，腿杆长哩，手指指像剥了皮的金竹笋，白嫩细长哩。春杏是一个又聋又哑又傻的姑娘！

春杏爹心疼春杏，不让她到日头下干活，在屋里，春杏除了针线活，啥子都学不会。她的针线活，村里最巧的手都比不上她。她在布鞋面上绣的花、绣的蝴蝶、绣的鲤鱼跳龙门，看上去会动。她整天一身干干净净坐在门口做针线活，美丽动人，令人怜爱。

牛背村的老六来找二傻耍，见春杏漂亮，以为她傻，就上去摸了一把她的脸蛋，揉了一下她的胸，二傻看到了，冲过去把他拉过来，打了几拳，踢了几脚。以后春杏除了她爹，凡是男的靠近她，她都拿起剪刀对准了自己的心窝，一副马上扎下去的样子。二傻是个例外，他蹲到她前面，夸奖她的花绣得好，放在篮里的剪刀她都没有去摸一摸，倒是那双眼，泛活神采。这个时候，谁又能看出春杏是又聋又哑的傻子呢？

以前二傻去看春杏，坦坦荡荡，自自然然，这次突然心跳、害怕，腿像拖了一块石头，沉甸甸的。二傻走到了春杏家门口，看到了春杏美丽的身影。奇怪，这一刻，二傻的心不跳了，不害怕了，双腿也轻巧起来。在蓝天一样纯净，深潭一样静谧的春杏面前，二傻变得干净起来。

看到二傻递过来的手帕，春杏木讷、呆滞的双眼又泛活了神采。二傻突然想，春杏到底傻不傻呢？傻人能有这样动人的目光吗？春杏充满神采的目光瞬间消失了，又蒙着一层茫然。她不看二傻递过来的手帕，一下又一下，纳着鞋底。

二傻说："春杏，这张手帕是在县城百货大楼买的，上面绣的花再漂亮，也没有你绣的漂亮哩。"

这时，春杏娘拿着一双布鞋从屋里走了出来，说：

"二傻，你这样说，春杏听懂了，那她就不是傻子了。哎呀，多难得，你到县城还惦记着我们家春杏，我替她感谢你哩。"

二傻说："三婶娘，你这样说，二傻受不了哩，你给我吃、给我穿的还少吗？说感谢，我感谢你哩。"

春杏娘叹一口气，说："谁叫你那么小个娃崽，就没了爹娘呢？不然我想给你点吃的穿的，你都用不着呢。哎呀呀，不说这些了，大过年的，说这些伤心呢。来来，试试这双鞋，好几年没给你做鞋子了，还不知道你穿得合不合脚呢。"

二傻接过布鞋，坐到一张小木凳上，脱了鞋，一边试穿一边说：

"我都长大了，还穿三婶娘做的鞋，不晓得郎个谢哩。"

春杏娘说："莫说这样的话，在三婶娘眼里，你还是娃崽哩。不过，这双鞋不是我做的。"

二傻说："哪个做的？"

春杏娘说："你莫先问，先试试。"

二傻一穿，惊奇道：

"哎呀呀，郎个那么合适？像量了我的脚做的哩！"

春杏娘也惊奇，说：

"这双鞋，前几天你去县城，春杏才开始做的，你回来那天，做好了。她爹她伯她叔，没有一个穿了合脚的，她爹就说，给你穿试试。哎呀，真的合脚哩，怪了怪了，春杏啥子时候给你量的脚嘛？"

二傻的目光落到了春杏的脸上，那张美丽的脸，仍然是茫然。

傻哩，不然要她做老婆，多好。二傻想。

二

过了正月十五，有人碰到二傻，问他：

"二傻，你还不去县城吃国家粮，候①在这里干啥子卵？"

二傻说："人不着急卵着急，你等着睃，过几天老子就走。"

还不过十五元宵节，二傻就开始盘算卖余粮、卖鸡、卖腊肉了。李叔帮垫的二百块，他不早一天还回去了，心里就一天比一天焦急，睡不踏实。

过了元宵，这个年算是过完了，春耕也算是正式开始了。

---

① 候，桂西方言，蹲，呆。

春杏爹咋咋呼呼，分配你干这个活路，分配他干那个活路，一天两头叫"出工啰"，喊"收工啰"，忙得团团转。队里的活再忙，春杏爹也没有安排二傻的活路。他要到县城吃国家粮了，还安排个啥？春杏爹偶尔叹息一下，觉得队里少了一个最重要的劳动力。

这下子，二傻被逼上梁山了。家里能卖的，全都被他卖掉了。卖掉东西得的钱，加上年前卖猪剩下的，二傻又有了三百多块钱，还了李叔，还有剩余呢。

粮食都不留一颗，王家坳的人都确信，二傻没有吹牛皮，他真的要去县城吃国家粮了。

有人就想，二傻去吃国家粮了，身上还带那么多钱干啥？以前这小子没有爹娘，吃的穿的，帮他的少吗？现在他腾达了，不敲他一点子出来，他一走，想敲都敲不到了呢。有人借口儿子上学没钱交学费，问他借走了五块。有人能从二傻那儿借到钱，另一个人就眼红了，找个理由，也借走了五块。别看五块不算很多，你五块他五块，加起来就多了。二傻觉得再不走，钱就要借光了。天大地大，大不过把两百块补还给李叔。二傻把早就准备好的核桃、板栗、糯米、饭豆、腊肉装了满满一背篼，一个启明星还没消失的凌晨，将门锁了，钥匙交给春杏爹，叫他帮忙看屋，然后背着这背篼东西，又去县城了。

二傻一身大汗，风尘仆仆赶到县城李主任家，李主任家正准备吃晚饭。

李主任又是心疼又是埋怨，说：

"二傻，你背这么沉的一背篼东西，是走来的？"

二傻憨笑道："是哩，李叔。"

林广播一边翻看二傻背来的东西，一边说：

"二傻呵,你干啥子那么傻哩,这些东西婶娘家都不缺哩,你背着走了那么远,鞋都走破了吧。"

二傻跷了跷脚,大脚趾露出了头。二傻又憨笑道:

"破就破了,赶明天买一双新的。"

说罢,二傻小心翼翼掏出了两百块钱,放到了李主任手里,如释重负般吐了一口气,说:

"李叔、婶娘,这两百块钱补还给你们。"

李主任两口子面面相觑,愣怔了老半天,李主任才说:

"二傻,你这是郎个回事?"

二傻说:"李叔,那晚半夜里,你和婶娘说的悄悄话,我都听到了。"

李主任说:"县城治安不好,你李叔有责任。这两百块钱你还是拿回去,你李叔、你婶娘不缺这点钱。听话,拿回去。"

二傻没有听话,两百块钱硬是还给了李主任。李主任两口子都感叹,说像二傻这样的后生崽,难找。吃过晚饭,李主任说:

"二傻,眼下是春耕大忙,过两天你李叔要下各个公社检查春种情况。你呢,田地里的活也多,好好睡一觉,赶明天叫你婶娘找个顺路车,回去好啰。"

二傻支支吾吾,脸憋得通红,一副欲言又止的样子。

林广播说:"二傻,你莫听你李叔的,多住几天才走不迟。"

李主任看二傻那副模样,说:"不对哩,二傻,你是不是碰到了啥子事了?说给你李叔和你婶娘听听。"

二傻憋口气,横下心,脱口道:

"李叔、婶娘,我想在县城找个工做,不回王家坳了!"

李主任唔一声,一时愣怔住了。

林广播想也不想,说:"老李呀,二傻打十来岁就没了爹娘，孤独一个人，现在想来县城找个工做，我看也没有啥子不成。"

李主任一边剔牙，一边说：

"二傻，你上次说了，你才读到了小学四年级，基本上算是没有文化，在县城找工作，没有文化郎个成？"

林广播为他说话，二傻窃喜，听李叔这么说，很有回绝的味道，二傻一下子又慌张了。他想，若不在县城找到一份工，回去郎个见王家坳的人？一点脸皮都没有了哩，况且粮食全部卖光了，回去喝西北风呀？二傻一把握住李主任的手，站起来，双腿一软，就想跪下去。

李主任拦住了二傻，把他摁回凳子上，很不高兴说：

"二傻，上次我都跟你说了，我们不兴这个。"

"不兴不兴。"二傻哭丧着脸说道，"李叔，我没有文化，但有的活不用文化也可以干，像在食堂劈柴挑水拉板车，要啥子文化嘛！"

年前到县城，二傻瞎逛到县委食堂，碰到开会，吃饭人多，两个炊事员忙不过来，他帮手挑了几挑水，劈了一阵子柴。不然在王家坳，他郎个就吹出了他的枣红马留在了县委食堂，帮驮柴的牛皮？

林广播在一边敲边鼓说："老李，你一个县委主任，找个干体力活的工，还不易如反掌？你不帮找，我明天去找？"

"你不要拿我的旗去招摇撞骗。"李主任白了林广播一眼，"这样吧，二傻，在县委食堂吃饭的人越来越多，煮饭的人手不够，你就去干临时工吧。明天我交代秘书，让他去办一办。"

临时工也是吃国家粮，而且是在县委大院里工作。二傻激动得双手直搓，结结巴巴说：

"李叔，二傻今后一定好好干活，决不给你丢脸。"

第二天上班，李主任对秘书交代了要办的几件事，最后说了二傻干临时工的事。秘书连连点头，说马上带二傻去食堂。秘书出门走了老远，李主任又把他叫了回来，说：

"先干一段时间，干得好，等有招工指标，给他一个名额，招工算了。"

三

李主任大半时间不在县城。一旦回来，也是开会、学习、批判，等等，事情多，忙得像陀螺。二傻也忙，天不亮就起床烧火，协助一个姓陈的炊事员一日做三餐，等他熄火关灶膛，回到宿舍，天早黑了。

忙得两头黑，二傻还嫌事情少了，他见饭桌上经常有剩饭剩菜，倒掉了可惜，就建议食堂总务养头猪。总务觉得二傻的建议不错，叫二傻搭了一个猪栏，真的上街买回一头七八斤重的猪崽，放了进去。猪崽一日三餐，被二傻喂得肚子圆溜。正月买的，到了五一劳动节，竟飙到了一百多斤，肥得差点站不起来，五一食堂加菜，就把它杀了。这头刚杀，猪栏里马上又放进了一头猪崽。总务拍着二傻肩膀说，好好喂，争取国庆又杀一次猪。县里五一评先进，二傻评上了，领回一个边上写了先进两个字的提桶。精神和物质奖励之下，二傻干劲更足，他把猪栏边的空地开了出来，种上了红苕、芋头、南瓜和火麻菜，建议总务干脆养两头猪，剩饭剩菜不够，就加他种的菜，吃不完哩。养一头猪变养两头猪，二傻除了睡觉，时间全扑在了工作上。总务又是感动，又是心疼，觉得二傻评上全国的先进条件都够。总务有天碰到李主任，就把他的感慨说了。

李主任太忙，大事太多，简直就忘了二傻的存在。像那天碰到总务，总务二傻来二傻去，说了半天二傻，他竟然问："谁是二傻？"总务也一声，说："王家坳的二傻嘛，你忘了？"李主任拍大腿说："二傻真有那么好？"

五一不久的一个中午，别人睡觉，二傻不睡，一个人在菜地里光膀子锄草。正锄得起劲，总务陪着李主任找来了。还老远，总务就喊：

"二傻，莫锄了，你李叔找你有事哩。"

二傻直起腰，冲李主任和总务憨憨一笑，说："啥子事？"

李主任没有马上说事，而是关切地说：

"二傻啊，正午日头猛，莫这个时间锄草。"

二傻说："今天太阳猛啥子？七八月天正午那个日头才猛哩，我们照样干活路。"

总务说："穿衣穿衣，跟我们走，李主任有新的工作给你干了。"

县里在罗沙公社的那板建水库，去了二三十人搞前期工作。这二三十人要吃饭，得派一个吃苦耐劳、手脚勤快的人去当炊事员。二傻被选中了。

李主任说："大力发展水利建设，是毛主席号召的，今冬明春，我们县的头等大事，就是修那板水库，我大半的时间都蹲在那里呢。二傻，你要管好二三十人吃饭，任务重大、光荣！"

"猪和菜地有人管吗？"二傻没有很激动，倒是马上把自己的担心说了。

李主任和总务都笑了起来。总务说：

"二傻，你放心跟李主任去吧，等国庆你回来，杀猪给你吃，万一你不回来，捎也要捎两个猪蹄给你哩。"

二傻说："对了，那地方肯定也能养猪，明天买头猪崽去，好不？"

李主任说："万事开头难，那里好多事都没有理顺，等理顺了，就养一头。"

第二天，李主任把二傻的行李塞到了吉普车后箱里，带上二傻和几个县里的头头坐上车，早早出发去那板水库了。

这天刚好是赶场天，人多，车开出大院，驶到街上，车速就很缓慢。赶场的人，有认出了李主任的，说：

"李主任，去哪里？"

李主任很自豪地说：

"去那板水库。过了秋收，农闲一到，你们也都去，大家一起建好那板水库！"

眼看车开出街市，李主任突然叫司机停车。他跳下车，走到了一个卖狗崽的老乡面前，问了问价，掏出钱买了一只小黑狗，拎着狗脖子走回来，放到二傻的脚边，笑眯眯说：

"二傻，养条狗看家，闷了陪你耍。"

二傻抬起小黑狗后腿，看了看，高兴道：

"母的哩，以后让它下一窝崽，养大了，久不久杀一条给李叔你们吃。"

一车人皆笑，夸二傻看得远、想得好。

吉普车跑出县城不久，开始爬坡。坡很陡，弯很急，车一下子在山巅的云雾里，一下子在遮天蔽日的沟底下，转来转去几个小时，车在路边停下了。

李主任说："到了。"

其实没到，大家还要沿一条羊肠小道走好几里地，才能到达那板水库工地。

李主任边走边说："修路突击队前几天已经到了。那帮年轻人能吃苦，干得欢，其中有几个是南宁知青，以后要好好表彰。"

走了一阵子，山谷里隐隐约约传来了说笑声，再走一阵子，说笑声清晰起来，有个女的笑声像铃铛，清脆、动听。山谷里有了这笑声，人的精神为之一振。二傻走在最后头，他希望走在最前头的李叔快点走，他想快点看到是哪个姑娘的笑声这么好听。

转了一个弯，二傻终于看到了说笑的人，他数了数，有二十来个，其中四个是女的。二傻想，这四个女的，笑得好听的是哪个呢？见到李主任他们一行，他们都不说笑了，停下手中的活路，站到了路两边，有说："李主任，来啦。"有说："李主任，辛苦了。"有说："李主任，带本书来没有？"等等。

李主任一一答了。走过一个女的面前时，李主任停下脚步，说：

"张华，你看你，脸上有一道泥，像猫公，也不擦一擦。"

张华扯下挂在肩上的毛巾，一边擦脸，一边咯咯笑了。哦，动听的笑声发自张华哩。

二傻晓得张华是南宁知青，她的衣着、举止、话音、腔调，和本地姑娘一比就能比出气质不同。二傻不懂啥子叫气质，他会比较，一比较就会分辨，一分辨，二傻就想到了春杏，春杏土，张华洋气。只是一样漂亮动人。

走过张华面前时，张华不看二傻，只看他抱在怀里的狗，一脸惊喜道："哇，好漂亮的小狗狗。"说了，她伸手在小狗的头上抚了抚。张华抚小狗的手无意间碰到二傻的胸口，柔柔的、软软的，二傻的心怦怦跳。张华身上的青春热气袭过来，二傻眩晕。后面一段路，郎个走了过来的，二傻有点迷迷糊糊，记不清了。

水库的坝址还是一片老林，山溪边上开出了一大片空地，搭了几排工棚。

"工棚还要搭。"李主任一手叉腰，一手奋力一挥，"秋收一过，几千人在这里会战，那时候啊，高峡出平湖！"

二傻和另外几个头头一样激情澎湃，好像看到了秋收后，这里沸腾的奋战场面了。

二傻的工作是煮饭和看管仓库。

煮饭好说，仓库的事有点麻烦。李主任带二傻到仓库里，指着一大堆锄头、铁铲、钢钎、箩筐、泥箕、麻绳，要二傻防盗、防潮、防生锈。

二傻说："这些东西放在地上，到秋后还有几个月，早长霉生锈了。"

李主任说："那郎个办？"

二傻说："搭个半米高的竹架子，东西放在架子上面，就不怕了。"

李主任说："二傻，你想得好，这事你来做。"

搭架子，得先把这么一大堆的东西搬出去，架子搭好了，又得搬回来。一个人做，辛苦哩。二傻到水库的第一天，就给自己找了一件又累又麻烦的活路干。

知道李主任和几个县领导来，食堂总务到公社叫供销社食品站杀了一头猪，买来了半边。二傻在县委食堂跟陈师傅学会了做红烧肉的拿手好戏。那半边猪肉，给他整得色香味齐全。傍晚收工回来的那帮人吃得直咂嘴，齐声说好。

小黑狗早和二傻混熟了，吃过晚饭，二傻坐在伙房门口正和它逗着玩，张华走了过来，轻声道：

"你叫二傻？"

二傻说："是哩。"

二傻问："你郎个晓得？"

张华说："李主任他们这样叫你，我听到了。"

张华问："这条小狗取名了吗?"

二傻说："没成哩。"

张华问："公的还是母的?"

二傻说："母的。"

张华说："叫黑妞吧，行不?"

二傻说："黑妞? 好听哩。黑妞，黑妞，你过来，你有了个名，叫黑妞，是这位大姐给你取的哩。"

张华笑道："呀，我变成黑妞的大姐了。"

二傻憨笑一下，说："你叫啥子，我知道。"

张华哟一声，说："你说看。"

二傻不说，捡了条木棍在地上写了"张华"两字。

张华惊奇道："你怎么知道的?"

二傻说："我也是听李主任他们这样叫你，就记住了。"

张华咯咯笑了。笑声真好听。

那晚李主任开了一个小会，第二天上午开了一个大会，吃过晌午饭就要返县城了。

临走时，李主任找到二傻，说:

"二傻，你这个炊事员，要让大家吃饱吃好，晓不晓得?"

二傻说："晓得。"

李主任又说："仓库要看好，里面的工具到用的时候不能少一件，坏一件也不能，晓得不?"

二傻说："晓得。"

让大家吃饱可以，吃好就难了。每人每个月只有半斤肉的供应，鸡鸭鱼则根本看不到，整天就是老南瓜、老冬瓜、干菜、干笋，煮这些东西，二傻不晓得如何变出花样让大家吃好。

想了又想，二傻终于想出了主意。吃过晌午，二傻就拿把锄头上山了。上山四五次，总有一次挖回了竹鼠。有时得一只，有时公母两只加一窝崽都给他挖了回来。红焖了，每人的菜碗上扣上一勺，吃饭的人吃得香，直夸二傻能干。

二傻上山挖竹鼠、套山鸡有办法，到溪水里捉鱼虾就笨手笨脚，拿那些鱼虾没有办法了。这都要怪王家坳没有河溪，二傻没有与水打交道的经验。也有瞎猫碰着了死老鼠的时候。那天二傻拿泥箕去捉鱼，折腾半天，一无所获，正泄气，一条七八两重的娃娃鱼跑昏了头，竟然自己跑进了放在水里的泥箕里。二傻如获至宝，一路笑着往回跑。回到伙房，二傻不笑了。他想这么一条七八两重的鱼，红烧了，每人分不到一口，放进菜里一起煮，恐怕味道都吃不出来，郎个办？想了又想，二傻终于想到张华。他好几次看见张华吃饭吃得和男的一样多，两大盅了还咂嘴。唉，缺少油水哩，二傻想到这里，灵机一动，把鱼收好了，等过了晚上十点钟，没有人声了，他才用一调羹油把鱼清蒸好，焖在锅里，去找张华。黑妞乖巧，跟在二傻后面，一起出了门。

张华住的地方离伙房不远，就在溪水对岸，来回打一转不过几分钟。不过，她住哪一间，二傻搞不清。

二傻打电筒在那排工棚前后左右转了几围，想喊"张华"，话一到口里，腿肚就抽筋，喊不出。二傻在肚里骂自己，又不是干坏事，怕啥子嘛？这样想了，二傻鼓起勇气，开了口，"张华"却变成了干咳一声。一声干咳，工棚里叽叽喳喳的女人说话声，戛然停下。二傻觉得有无数双眼盯着了自己。二傻慌了，怕人家说他这么晚了还出来耍流氓，赶紧关了手电筒往回跑。

跑了几步，二傻被石头绊了个狗啃屎。他眼冒金星，哎哟叫了一声。

黑妞吓坏了，汪汪大叫。

这时，女工棚的门口亮起了手电，一柱光照了过来。张华惊异道：

"二傻，这么晚了还跑来这里干什么？"

是张华的声音，二傻高兴起来，他爬起来，小声说：

"张华张华，你过来一下。"

张华迟疑地走了过来，说：

"什么事？"

二傻嘘一声，说："小声点。你跟我到伙房，有好东西吃哩。"

张华正饿得睡不着，听说有好东西吃，乐了，说："真的？"

那碗清蒸娃娃鱼，油汪汪，香气袭人，张华赞不绝口，将它风卷残云，一扫而光。看到张华吃得那么舒畅，二傻觉得自己也浑身舒畅，比自己吃了还乐还甜。

吃罢，要走了，张华说：

"二傻，谢谢你！"

"莫说这个话，莫说这个话。"二傻乐颠颠说，"以后有好吃的，我还请你来吃。你还来不？"

张华嘻嘻笑，说："来呀，怎么不来？二傻煮的东西好吃呢。"

二傻说："那说好了呀，以后我找着了好东西，煮了都留给你一个人吃。"

张华说："天黑路不好走，你不要去叫。"

二傻说："那你郎个晓得有好东西呢？"

张华说："你叫黑妞使劲叫，然后再打电筒朝我这边摇三圈，我就知道了。"

二傻拍拍黑妞的头，说："喊你叫，你就会叫吗？"

刚才黑妞捡到了鱼头鱼刺吃，正高兴着呢，二傻的话音没落，它就汪汪叫了两声。

日子过得飞快，六月一过，七月就到了。七月流火。劳动一天，浑身大汗，男的只穿条裤衩儿，走几步，到工棚前的溪水边，一桶水一桶水往身上倒，痛快得哇哇叫。女的不敢，就沿着溪水上去，转个弯，有个深潭，到深潭里去洗。二傻常看到张华和那几个女的结伴去，有时只有她一个人去。

那天中午，二傻想，好几天没好东西给张华吃了，又想娃娃鱼自个往泥箕里跑的好事。他提了泥箕到溪水里，把小鱼小虾往泥箕里赶。他沿着溪流，慢慢走上去，转过弯，看到了深潭。他还看到深潭边，背对着他的张华。

张华今天干啥子不去修路？二傻想不出原因。他想这天大娃娃鱼没捉到，小鱼小虾也有半碗，煎得香喷喷的，下一碗面条，很好的夜宵哩。二傻想告诉张华，晚上又有好东西，突然出不了声：张华上衣脱去了，又脱裤子，连短裤奶罩都脱去了。

二傻惊呆了，他口干舌燥，脑子里一片空白。他下意识跳到溪岸，在树丫树叶子下往上钻，钻到深潭边一块大岩石后面。

天湛蓝，几片细小的、轻薄的白云在飘动。深潭边有一颗老酸枣，树冠像把撑开的伞，深潭被遮住了大半，潭边阴凉。偶有阳光从树叶缝隙里透过，洒在潭面，波光闪烁。潭边有小石细沙，长几株芦苇，几片细长的叶子摇摇曳曳，飒飒轻响。

二傻看到张华雪白浑圆的屁股，挺拔的奶子，修长的双腿，小腹下细细的绒毛。二傻差点发狂，差点跳进水里，扑到张华的身上。二傻没这个胆，不敢哩。后来，二傻就只觉得美，别的不想了。他看着张华，一直看到她洗完了澡，洗完了衣服，穿上衣服，把一个花脸盆撑在腰间，婀娜而去。

那晚二傻煎鱼煮面了，然后拍拍黑妞的头，指了指张华住的方向，黑妞心领神会，冲出门，汪汪大叫起来。

二傻拿出电筒，还没打亮，看到朦朦胧胧的月光下，张华一袭白衫，婀娜而来。

张华进伙房拐到二傻住的偏房里，冲二傻粲然一笑。二傻咧咧嘴，似笑非笑，比哭还难看。做贼心虚，二傻越想平静下来，忐忑的心越是平静不下来。

张华笑了，说："二傻，你怎么啦？叫我来不是吃煎鱼吗？"

天哩，连今晚有煎鱼，她都晓得了。二傻进退失据，像做错事的小孩，等张华训斥。

张华又笑，扬扬手中的酒瓶，说：

"二傻，拿两个杯子来，我们喝酒。"

二傻紧张，竟没有看到张华手上提着一瓶葡萄酒。神奇得很，张华一说话，他的紧张一扫而光。不一会儿，菜，碗筷，酒杯全摆好了。

张华说："二傻，坐过来，今晚我们一起吃。"

往时有了好东西，只是张华一人吃。这一次，两人一起吃，而且有酒。饭桌上点着一盏煤油灯，灯花豆大，光晕下张华和二傻的脸通红。张华只穿件薄薄的的确良衬衫，光晕透进衬衫里，映到她丰腴的胸脯上，她没有戴奶罩，乳头鲜红，像要从衣扣缝里跳出来。二傻越是告诫自己不要去看，越是管不住双眼，往那里看去。张华轻笑，说喝呀。二傻赶紧收回慌乱的目光，羞涩、难堪地一笑，说喝哩。

一瓶葡萄酒还只喝了一半，张华的脸就已红到了胸脯上。

张华说：

"二傻，你不会喝酒，你拿个镜子来照照看，通红哩。"

二傻起身拿来一个小圆镜，照了照自己，递给张华，说：

"你也照照，你的脸更红哩。"

张华举小圆镜端详自己，妩媚道：

"二傻，中午你去捉鱼了？"

"是哩，不然郎个会有鱼吃？"

张华说："你到了转弯那头的深潭。"

二傻说："到了。"

说罢，二傻马上又矢口否认：

"没哩，没到哩，我没有看到你哩。"

张华咯咯笑了，说：

"二傻呀，你看你看，不打自招了吧？你没看到我，我怎么就看到你了呢？"

二傻张大嘴，通红的脸倏地惨白。他想完了，偷看她洗澡被她看到了，还不知她郎个收拾自己哩。

二傻结结巴巴说：

"你……你……郎个……郎个看到我了的？"

张华说："你躲在那块岩石后，倒映到了潭水里，你那个角度，你自己看不到你的倒影，我却看到了。"

张华笑笑，说："我想叫，怕吓破了你的胆。"

张华平静地说："你看到什么了？"

二傻的脸红成了猪肝色，这时地上有开个缝，他都会钻进去呢。他的眼却不争气，偏偏这时又向她的胸脯瞄去。

张华说："你坐过来。"

二傻没有动，他本来就靠张华很近，她身上的香气阵阵袭来，他都闻到了，再过去一点，就靠到她身上了。

张华咦一声，说： "二傻，你没有听到？叫你坐过来一点呢。"

二傻抬起屁股，把小板凳向张华挪了挪，向张华靠近了一点。

张华说："再靠近一点。"

二傻听话，又再挪了挪，膝盖和张华的膝盖靠在了一起。

张华脸上掠过一丝羞涩。突然，她很干脆地把衬衫上面的两个扣子解开了。

她说："二傻，中午你只是看到，现在给你摸摸。"

二傻不相信自己的耳朵，他早被张华的香气弄得晕乎乎。此刻，两个浑圆的奶子叫他眼花缭乱，马上就要昏过去一样，他管不住自己的手，一搓就搓到了那两个奶子上。

张华呻吟一声，浑身突突地抽搐，奶子像是充气的气球，一下一下鼓胀起来。二傻像触了电，一阵发麻，大口大口吞咽唾液，口干舌燥中他突然就想到了娘和王财贵脱得精光，在床上你压我几下我压你几下的情景。二傻的东西突突突翘起来，似钢钎，他要做一做王家坳人整天吊在嘴边的话，屌屄了。

二傻把张华抱起来，放到床上就扑了上去。二傻猴急猴急脱张华的裤子时，张华干脆坚决地把二傻从她身上推开。

"不行，这种事不能做！"张华坐起来。

"不做，不做！"二傻尴尬地扯自己的裤子上来。

"二傻，你善良、憨厚、乐观，甚至强健发达的肌肉，都让我喜欢。"

"真的？"

"真的！"

"喜欢是不是爱？"

张华没有说话，轻轻点了点头，若有所思的样子。

二傻欣喜地坐正，说："那我就能讨你做老婆了，是不是？"

张华笑道："二傻呀，你真傻得可爱。"

四

李主任五月带二傻到那板水库，过了十月，李主任都没有再露一次面。水库也没有再来新的人马。搭建工棚的那几个人，砍来了那么多木条、茅草和竹子，都堆积成山了，却不搭工棚了，一拍屁股，走了。走时半真半假对二傻说：

"莫去砍柴了，这些东西够你烧几年哩。"

修路的也不修了，铺盖一卷，也走人了。张华临走时，来找二傻，给了他一张条子。二傻打开条子，看到上面写着"银里公社中加大队下加生产队"一行字。

张华说："我在那里插队，你什么时候也回去了，抽空去看我。"

二傻说："银里公社和我们玉里公社是隔邻哩，走得快三四个钟头就走到了。"

张华眼里蒙了一层泪。二傻鼻子一酸，眼里也蒙上了一层泪。

水库最后剩下了二傻和总务。只过了一天，总务也要走了。

二傻说："干啥子嘛，一说走，就走光了人，李叔说过了秋收，这里人山人海热闹哩。"

总务说："你是真傻还是假傻，你还没有听说呀，这个水库不修了。"

二傻惊得半晌合不拢嘴，说："为啥子？"

总务说："我也不太清楚，好像是说水库底脚有条暗河，漏水哩。反正不修就不修了。"

二傻说："那我也走了。"

总务说："你走了，这么多工具哪个看？你李叔安排你的工作不是包括看管仓库吗?"

"哦,对了,李叔说,少了一件工具,就找我要哩。"二傻拍拍后脑勺说。

总务说:"粮食豆子,还有油盐酱醋,你一个人吃几年都吃不完,等啥子时候来人搬工具了,你才走,记得啰。"

总务说罢,铺盖卷甩到肩上,也走了。

整个那板水库,只剩下了二傻一人,还有黑妞。

二三十个人一下走光,那个冷清,那个孤独,叫人难受哩。二傻每天傍晚都坐在伙房门口,看张华她原来住的那排工棚,好几次他眼花,似看到赤裸了的张华。甩甩头,一清醒,哪里有她的身影呢?天一擦黑,二傻更没有事干了,早早上床。睡不着,满脑子是张华身体的每个部位,是搓她奶子时酥麻麻的感觉。有一次他挖着了竹鼠,用来和黄豆一起焖,吃了那东西,雄起哩。晚上他一边想张华,一边对老是硬邦邦的东西发脾气,狠狠搓揉。突然,几股热液喷薄而出,射到了蚊帐顶上。妈哩,这是啥子?二傻浑身激动、舒畅。这好耍的事,二傻天天晚上在床上一边想张华,一边重复一次。

秋季到了,落起了绵绵细雨,一落就是十几天,到处湿漉漉。二傻担心那批工具生锈长霉发潮。天天盼出日头,日头一出,二傻光膀子大干一场,将满屋子的工具搬出来晒太阳。太阳落山后,二傻又大干一场,将它们收回屋里。久不落雨,工具不生锈长霉发潮,二傻就希望落点雨,他好有事干。

总务有一把理发剪,他走时带走了。二傻的头发越长越长,二傻想去公社理发店剪,来回十三四公里,再加上在那里待的时间,恐怕半天不够哩。水库半天没有人,有人偷了工具郎个办?李主任说了,一件都不能少哩。二傻打消了去公社的想法。他将菜刀磨利了,用菜刀割。自己拿菜刀割自己的头发,有难度，二傻把自己的手割了两下，耳朵割了一下，鲜血淋淋了，头发也没割下几撮。二傻不管头发了，让它长到多长都由它长去。二傻想，女人的头发都长到屁股下头了哩，大不了当一回假女人。

日子一日复一日。头一年，伙房里有本总务挂在墙上的日历，二傻一天撕一张，知道十月过去了，十一月也过去了……这一年的最后一天也过去了。新一年到来，没有日历了。二傻找来一条竹竿放在床头，每天起床，先刻一刀上去，刻了三十刀，就晓得一月过去了，又到二月了。这样搞，只晓得天数，不晓得时令节假在哪一天，比如过年，是在一月还是二月？二傻想，这有啥子关系，他又不是在种田地，非要晓得时令季节，没事闲着呢。至于过年过节，只要挖着竹鼠，套到山鸡，捉了鱼虾，就是过年过节。

第二年冬天，特别冷，呜呜的风带着刺骨的寒气穿透竹墙，扑到二傻身上。上一年五月来水库时，天热，二傻只带来了两件单衣，幸亏那帮南宁知青走时，送了几件衣裤给他，全穿上，还生一火塘的火，仍冷。

实在冷了，二傻就把黑妞抱在怀里，互相依偎，暖和好多。

黑妞早就长成了"大姑娘"。二傻经常弄到的山鸡、竹鼠、鱼虾，黑妞比二傻吃得还多，它高大、壮实，一身黑毛，像绸缎一般光滑油亮。二傻经常抱着它想，黑妞哩，在这个没有另外一个人的水库里，没有你，我郎个待得下去呀。这一阵子，黑妞心神不宁，呜呜叫着窜来窜去，实在急了，就屁股对着树干来回搓。是不是病了？二傻抚它的头，揉它的背，摸它的肚子，反反复复，黑妞才安静下来。

这样的情况，黑妞有一天又发作了。那天天气阴暗，二傻心情不好，忍不住踢了黑妞一脚，骂道："你妈麻屄黑妞，你是不是发情了，发情了就找公狗去，你在这里哼来哼去干啥子卵？"

二傻哪里知道，黑妞果然发情了。发情了，找不到公狗，难受痛苦，火烧火燎，黑妞恨不得一头撞到树干上死去。二傻不像头几次那样安抚它，反倒给了它一脚。它委屈万分，一头蹿到床底，任由二傻怎么唤，它也不出来。

踢了黑妞一脚，二傻就心痛了，后悔了。二傻想，它正在气头上哩，就让它气一气吧，谁叫他以前没有打过它一下，骂过它一句呢。

二傻脱鞋绾裤脚，提泥箕，出门下到溪水里。溪水刺骨，二傻牙齿咯咯打架。二傻想今天捉到的鱼虾，全部给黑妞吃。

见二傻出了门，黑妞想，二傻不是叫它去找公狗吗？好，就找去。黑妞跑了。

二傻在溪水里折腾了一两个钟头，捉到了几两小鱼小虾。往回走还老远，二傻乐滋滋叫："黑妞，晚上有鱼虾崽吃哩。"

往时，二傻出门只一会儿，黑妞都如隔三秋，欢腾雀跃跑出来迎接。这天二傻叫了好一阵，没有黑妞的影子。

二傻心一沉，心想黑妞脾气真大，他喊道：

"黑妞，你躲啥子哟，出来吧，看看这些鱼虾，还活蹦乱跳哩。"

二傻进到伙房，放下鱼虾，确信黑妞跑了！以前黑妞在二傻的教导下，晓得仓库的重要性，伙房与仓库之间这十多二十米的范围内，只要二傻离开这里一步，它就不离开这里一步。现在，哪里有它的影子？二傻跑到伙房门口，大声喊：

"黑妞，黑妞，你去哪里了？你回来，我再也不踢你了！我再踢你，我不是人哩！"

山谷里，二傻喊声的回音消失了，仍没有黑妞动听的汪汪回应声出现。

那晚上，面对香喷喷的一碗鱼虾，二傻动一动筷子的念头也没有。他候在火塘边，听寒风山魈般惊悚的呜咽声，祈盼黑妞回来。好几次，他感觉黑妞出现了，拉开门，一股凛冽的寒风迎面扑来，哪有黑妞的影子？

天亮了，二傻度过了一个不眠之夜。他难过到想死，可他一死，谁看仓库？少了工具郎个向李叔交代？想到李叔，二傻为自己想死的念头羞愧，他一定要等到李叔来了，把这些工具一样不少交给了他。

二傻伸伸懒腰，振作振作精神，去检查仓库。

二傻推开门，突然看到一道黑影在山谷远远的尽头晃了一晃，又不见了。他揉揉眼再看，那道黑影又出现了，它像箭一般向二傻冲来。

是黑妞？真的是黑妞！二傻高叫着黑妞，奔跑着向黑妞迎去。

黑妞高高跃起，一头撞到二傻的怀里，二傻一下没站稳，抱着黑妞在草地上打了几个滚，热烈拥抱中，二傻哽咽道：

"黑妞，你干啥去了？你不晓得我想死你了吗？你干啥子这么狠心，呜……呜呜……"

黑妞伸出柔软、温热、滑腻的舌头，不停地舔二傻的脸。它呜呜咿咿低鸣，像笑，也像哭。

黑妞再也没有离开二傻，也没有了烦躁不安。它身子变得越来越胖。六月的一天，二傻到溪对面的竹林找竹鼠，去不久，忽然听到黑妞冲他汪汪叫，叫声急切，好像发生了啥子大事。一窝眼看挖到的竹鼠，二傻不要了，拼命往回跑。跑回来，黑妞扯着他的裤腿到它的窝边。二傻一看，傻了眼，黑妞下了四个崽，不知是难产死了，还是被黑妞踩死了、叼死了，反正全死了。二傻心痛极了，轻轻给了黑妞一巴掌，说：

"哎呀，你这个不会当娘的黑妞呀。"

二傻到了这时才明白，开春时，黑妞用屁股搓树干，真的是发情哩。跑了一个晚上，真的是找公狗去了哩。这里方圆六七公里没有人烟，黑妞去找公狗，不晓得跑多少冤枉路，才找着了哩。二傻更后悔，黑妞的身子越来越笨重，他郎个就没有想到是怀上了崽崽，要下崽崽了呢？全死了，唉！

黑妞下头窝崽是六月间的事，转眼到了秋天，黑妞又发情了。二傻说：

"黑妞呀，去吧，去找个公狗耍一耍吧。"

见黑妞没有去的意思，二傻又说：

"你是不是担心我像上次那样，怕你不回来了，伤心呀？不会了，晓得你去耍一耍，还回来，我就不伤心了。"

黑妞还是一动也没动。二傻又说：

"黑妞，你去耍一耍吧，过几个月下一窝崽，这回要看好，全养活了，等李叔来，久不久杀一条给他吃，李叔那个人呀，就是想吃我的肉，我也马上就割一块给他吃哩。"

黑妞呜呜咿咿地往二傻的怀里拱了又拱。

二傻叹了一口气，搂紧黑妞说：

"黑妞，你傻，比我还傻。"

黑妞在二傻的怀里一动不动，不时伸出鲜红的舌头，在二傻的脸上舔一舔……

落光了叶子的枫树，不经意间冒出了许多淡绿色嫩芽。空气中弥漫一阵阵春天的臊气。转眼间，小溪里久不久漂来一颗熟透了的金黄色酸枣。二傻有时捡一颗，一边吃一边想，秋天这么快又来了。秋天一来，冬天很快跟上来。冬天难熬哩。

冬天还没有来，黑妞病死了。

开始的时候，它眼神暗淡，流浑浊的泪水，绸缎般光亮的皮毛渐渐失去光泽。最后几天，它已经不能进食。它躺在二傻的怀里，默默看着二傻焦虑的目光。

二傻担心、痛苦、悲伤的时候到了。那天晌午过后，黑妞激烈抽搐，四肢瘫软，脑袋耷拉，眼里的最后一丝神色渐渐在抽去，淡去，最后一点也没有了。

二傻号啕大哭，泪如泉涌。那一个下午，山谷里的风不吹，鸟不叫，日头不露面。吃酸枣的果子狸，摘野板栗的松鼠，打情骂俏的山鸡，在洞口晒太阳的竹鼠，全都定格了般看着二傻，陪他抹一把泪。

二傻抱着黑妞哭一阵，诉说一阵。发一阵呆后，又哭一阵，诉说一阵。第二天上午，二傻将黑妞埋在了屋前的山桃树下。

失去黑妞，二傻像失去魂。他沉浸在悲痛中久久不能自拔。他整天坐在黑妞的坟边发呆。他想到死，马上又想到千万别死，等到李叔来了，将工具一件不少交给他。

日子在悲伤中又一天天过去。二傻面容憔悴，神情恍惚，幻觉中他眼前经常出现李叔、张华和黑妞。那天下午，他眼前又幻觉出现一行人，领头的是原来工地的食堂总务，跟在他后面的是李叔！这行人一排溜站在他面前，惊愕地盯着他许久，李叔说：

"你是二傻?!"

二傻站起来，想哭，又想笑，他下意识指指仓库，又指指黑妞的坟，一句话也说不出来。他眼前一黑，向前倒了下去……

第三章

一

李主任带二傻到那板水库转回去的第三天，地委组织部下调令，李主任家祖坟冒青烟了，他摇身一变，变成了地区行署李副专员。

李副专员举家搬到地区那天，自发来了许多送行的人，他们把县委大院挤了个水泄不通。人们依依不舍欢送他，舍不得他走，说明李副专员对这个县有贡献，是正大光明、廉政无私的，是得人心的，是有口皆碑的。李副专员很感动，他热泪盈眶，站到大榕树下的石凳上，哽咽着说了一大通感谢的话。他最后说：

"我最惦记的是那板水库。那板水库一建成，可以浇灌上万亩田地，旱涝保收，全县农业产量打一个翻身仗哩。今冬明春，我一定到那板水库看看。"

在人们的热烈掌声中，李副专员挥手向群众致意，一一和县领导、各单位的头头握手告别。最后握手的是秘书小刘。看到小刘流泪，李副专员说：

"难过啥子？我就在地区嘛，想我了，一百来公里，半天不就到了？"

李副专员顿了顿，悄声又说：

"今年上大学的名额，我给有关部门打招呼了，你铁定有一个。大学毕业回来，前途远大哩。"

上车前，李副专员总觉得有件事要讲一讲，又一时想不起是哪件事，拍了拍后脑勺，上车去了。

这件事有关二傻。李副专员啥子都能忘，不应该忘了待在深山里的二傻。这下好，二傻在人迹罕至的深山沟里一待，差不多三年。

有的事顺当，有的事麻烦不断。

像秘书小刘上大学的事就顺顺当当。他填张推荐表，逐级领导签字盖章，然后读大学去了。小刘跑得远，一下子跑到了北京。

那段时间，李副专员正伤脑筋，他碰到了麻烦事。

麻烦事是那板水库的选址被否定了。勘测的最终报告显示，那板水库库底有暗河，暗河上的土质较薄，意味着库水蓄积起来后，这层薄土有可能坍塌。库水与暗河一接通，库水还怎样蓄积？况且石灰岩缝隙多，这里漏一点，那里漏一点，一样蓄积不了水。两种情况都只是可能。县领导急得嗷嗷叫，说干革命哪能前怕狼后怕虎？对地区水利局的专家报告很是不屑，扬言有条件要上，条件不够，创造条件也要上。问题摆到主管农林牧副渔的李副专员面前，你说他能不头痛？

李副专员一万个愿上马。他在县里时，这个项目是他一手抓的，搭工棚的、修路的已经进场，只等今冬明春大干一场，那几个专家说句不行就不行了？李副专员的那几个老部下，一天到晚到他这里吵，吵得他都快要拍板上马了。旋而又想，要是大坝建了起来，蓄积不了水，他该负什么责任？勘测报告没有最终出来，他就叫搭工棚的、修路的进场了，浪费了人力物力是不争的事实，追究起来，恐怕他还逃脱不了干系。而在勘测最终报告出来，说不行的情况下，他还硬是同意上，出了问题，恐怕新账老账一起算，罪上加罪，副专员的位置保不保得了都难说。这样一想又想，想得背脊发麻，他就对原来的那几个老部下把问题挑明了：

"大干社会主义，也不能蛮干呀！"

那板水库是李副专员在县里时亲手抓的项目，难道他不想出成绩？不想造福一方百姓？不想多捞点政治资本？他都否定了，那几个老部下还能说什么？

看那几个老部下都不吱声，李副专员又说：

"那板水库建设只是暂停，谁知道水利局过几天又说啥子？你们要做好两种准备：一是那板水库重新上马；二是再选址。反正今冬明春，隆西县不建一个水库出来，你们就不要来见我了。"

那几个老部下回县里后，主管农业的副主任给罗沙公社主任打电话，说了一通，最后说：

"不是不建，只是暂停。"

公社主任派人去水库，叫暂停。

县里后来在别的公社选址另建一座水库。建另一个水库时，有人想到了放在那板水库的那一大批工具，要派人去搬出来用。有人反对说，那板水库只是暂停，一旦重新上马，那批工具搬来搬去，岂不是自找麻烦？没有人再提那批工具。都不提了，谁还想到是谁在看守那批工具呢？

一别三年，李副专员终于回到他工作战斗、学习生活了快二十年的隆西县，检查工作来了。

那天在县委食堂吃饭，李副专员看到桌上有好多剩饭菜，随意问了问在一旁的食堂总务：

"现在不止养一头猪了吧？"

总务唉一声，说：

"别提了，二傻走后，这猪怪了，养一头死一头，死了几头，干脆就不养了。"

李副专员说："那叫二傻回来养不就成了？"

总务说："二傻跟您走后，现在在哪里，我都搞不清楚。"

李副专员拿根火柴杆正在挑牙缝，听到总务这么说，停了下来，想了又想，说：

"二傻跟我走了就没再回来过？"

总务说："是呀。"

李副专员把火柴杆往地上一丢，站起来，一眼看到在另一桌吃饭的罗沙公社革委主任，他对总务说：

"去把林主任叫来。"

林主任小跑过来，毕恭毕敬站在李副专员面前。李副专员说：

"昨天和今早你汇报了两次工作，怎么没一次提到那板水库还有人呢？"

林主任眨眨眼，说："没有了呀？那板水库早荒废了，怎么会有人呢？"

"官僚！"李副专员狠狠白了林主任一眼，"你马上了解，那板水库最后离开的是谁？谁还在那里？"

林主任一溜烟跑去打电话，李副专员对司机和几个随从说：

"等下我们去那板水库。"

林主任打电话很快回来了。他告诉李副专员，最后一个离开的是陈明辉，当时他是公社供销社副主任，兼那板水库后勤总务。林主任说：

"陈明辉离开时，工地还有你带去的二傻。他说，二傻当仓库保管员是你定的，所以就……"

"妈那个麻屄的陈明辉!"李副专员很多年没有在公开场合讲粗口话了,这一骂,有酣畅淋漓的感觉。陈明辉他认识,工作能力倒是很强,怎么也官僚,把二傻一个人放在那山沟里就忘了呢?李副专员对林主任说:

"你马上通知陈明辉,叫他到路口等着,我们马上出发去那板水库。"

公路岔进那板水库的路修好后,就没人再去,三年过去,野草树木蓬蓬勃勃生得茂盛,路已不成了路。

挨了李副专员一顿臭骂,陈明辉自然不敢怠慢,他拿条棍子在前面打草惊蛇,带头披荆斩棘,一路进来,还算顺利。

山谷里不时传来鸟儿婉转的叫声,李副专员听着听着,突然想起南宁女知青张华。

李副专员调转头,对身后县里的一个头头说:

"我记得修路突击队里有几个南宁知青,很能吃苦,后来表彰他们没有?"

那个头头说:

"水库没有建,一说撤就撤了。那几个南宁知青分散在几个公社,集中起来难,就没有表彰。"

另一个头头说:"他们回生产队没几天,上边来了新政策,要给他们分配工作,一部分就分配在县里各单位,一部分回了南宁,反正没一个在农村了。"

李副专员哦了一声。他原来还想问,有个叫张华的,是在县里还是回南宁了,话到嘴边,又没有说出来。他想,那么多南宁知青,他就问张华一个,别人怎么想。

说话间,李副专员一行拐过一个弯,远远看到了山谷溪边的那几排工棚。工棚没有住人,长了许多比工棚还高的茅秆,那个荒凉,叫人看了心酸。

陈明辉在这里当过后勤总务，熟悉这里的一切，目光一下子就落在了溪边一道土坎上的伙房，他惊喜地叫道：

"有人有人，有个人坐在伙房门口。"

李副专员说："看清楚没有，是不是二傻？"

陈明辉看了又看，疑惑道："这个人是个女的？头发都盖着膝盖了。"

站在二傻面前，李副专员也像陈明辉一样疑惑，这个人不人鬼不鬼，男不男女不女的人，是二傻吗？左看右看，李副专员惊愕中确信，眼前这个人就是二傻！

二傻竟然一站起来就昏厥。人们七手八脚将他抬到床上，又是压虎穴，又是往眼角上抹清凉油。片刻工夫，二傻醒来了。确认眼前站着的是李叔，二傻哇一声哭了，抽抽噎噎说：

"李叔哩，你来了呀，你赶快去看看，工具一件不少，好好的哩。"

那批工具在架子上摆得整整齐齐，没有霉，没有锈，没有潮，更没有少一件。

李副专员眼一热，鼻一酸，差点流下了泪。

二

李副专员的吉普车载着二傻回到县城，径直去到理发店。一个师傅拿把推剪，上下翻飞，一下子就把二傻长到了屁股的头发剪成了齐刷刷的小平头。剪发这工夫，县委食堂总务赶回去，叫炊事员陈师傅烧了一大锅水，又变戏法似的找来了两三套新衣裤，和一双最时髦的泡沫塑料凉鞋。二傻剪了头，洗了澡，穿上这些衣裤鞋袜，光鲜哩，精神哩。好事还在后头。总务回头一算，二傻这几年的工资，加上过年过节补贴，一共有六百多块。六百多块哩！成县城的首富了！二傻还成了名人，县广播站将他三年时间孤身一人在山沟里看管国家财产，写成了长篇通讯，广播站一播，家喻户晓。县广播站算啥子？省报头条刊登了他的事迹后，他的名声远播，更是响亮了。

二傻却在心里头骂，吹啥子麻屎哟，哪个愿在那山沟里一待就待三年？若不是念想着张华，有黑妞伴着，憋都早憋死了；若不是有李叔看管仓库那句话，他早跑了，管它啥子工具哟！

二傻只在心里头骂，不会说。不会说，不是不想说，而是懒得说。二傻确实是懒得说话了。三年时间里除了偶尔和黑妞讲一两句话，其余时间成了个"哑巴"。有人突发奇想，想树二傻成个"活学活用"① 的典型，讲话稿都写好了，二傻不会念，硬是要他念，他结结巴巴念了几句，憋得脸红脖子粗，就恼火了，把讲话稿都撕了。别人拿他没办法，说他是赶不上架子的鸭子，不理他了。不理就不理，不理了就正好坐在食堂的大门口，想黑妞、想张华，一想就是几个钟头。

以前二傻干活，啥子时候要叫的？现在水缸见底了，不见他动一动桶。陈师傅只好对坐在门口发呆的二傻喊：

"二傻，挑水去。"

叫一次，他没有反应，要叫两次，甚至三次，他才哦一声，起身找桶挑水去了。

二傻回来，总务高兴，第二天刚好碰到礼拜天赶场，就买回了一头猪崽，叫二傻把废弃了的猪栏修整修整，把猪崽放了进去。奇怪了，不过才三年嘛，二傻郎个就变得笨手笨脚，丢三落四？猪经常饿得厉声尖叫了，有人提醒是不是猪饿了，他

---

① 活学活用，"文革"期间，《毛主席语录》成为 7 亿中国人的必读课本。"林副主席"指示：读毛主席著作要"活学活用，立竿见影，在用字上狠下功夫"。

才想到要去喂猪。提一桶泔水去喂猪，返转回来东找西找，问他找什么，他说忘了拿泔瓢，人家问他手上拿的是啥子，他才嘀嘀傻笑，原来泔瓢就在他手上。

手脚不麻利、不勤快，整日里傻傻的，食堂里最怕的就是这个，陈师傅嘟哝了好几次，说再不换人他不干了，总务无奈，找到主管头头，把情况说了，要求安排二傻去别的单位。

主管头头说："二傻真的傻了？那郎个办？让他回家算了。"

总务说："上两个月李副专员走时，特别交代了我，要我和你说一说给二傻招工的事，现在不但不招，反而让他回家算了，恐怕李副专员不高兴。"

主管头头说："地区和县里的一大帮插队知青招工安排都安排不完，高中刚毕业的这一帮还要下去插队，现在反倒要给一个农村来的安排，恐怕意见会大。李副专员不是最反对走后门吗？把情况和他讲一讲，他能理解的。"

总务说："说归说，做归做。李副专员和二傻的关系有点不一般，他交代的事不办郎个行？他虽然不在我们县了，但他还算这里的地头蛇，你敢说我们现在的领导不怕他？"

主管头头是县委办公室主任，很想爬到县委副主任的位置上，若把县委主任惹恼了，他还提拔你？主管头头这样一想，就不提让二傻回家算了的事，只是说：

"现在没有招工指标，就算有，把二傻安排到哪个单位，我们也得好好合计一下。这样吧，二傻还在食堂，能干多少活干多少活，不管他。陈师傅有意见，就再安排一个临工吧。"

二傻时常犯傻，心里却亮堂，食堂多招了一个人，陈师傅就没有再整天"二傻"来"二傻"去的了。不明摆着是冷落他吗？再往前一点，他上广播登报纸时，来看他的人，一拨又一拨。还有女的，给他媚眼，耍骚呢。他想着张华，不尿人家。

现在，是人家不尿他了。一想到人家不尿他了，二傻就想到了李叔回地区时给他说的那句话，想他了，有困难了，就到地区找他。还把写了他家电话和地址的纸条给了他。现在，他着实是想李叔了，想到去找李叔了。可是，这个念头刚冒出来，更强烈的念头却是回家看一看。王家坳才是他的家，他时常这样想。想多了，连做梦也想了。况且，对张华日思夜想，他早该去看她了。二傻找到总务，把他回家看看的决定说了。

总务吃惊道："你决定了？"

二傻很干脆说："决定了。"

总务一下子拐不过弯，以为二傻说回家只是看看，看看了还回来，便说：

"回去多久？"

二傻说："不回来了。"

总务咦一声，说："那郎个成？县里正准备给你招工，正式吃国家粮呢。"

二傻说："要吃国家粮，我也不吃县里的，去吃地区的。等我回家看看了，就去地区找李叔。"

总务急了，担心二傻到地区跟李副专员乱说一通，说是他赶走他的，那就冤枉了，麻烦就大了。这样一想，总务伸手拉住了二傻，几乎是哀求二傻道：

"你莫走，你莫走！有啥子问题，啥子困难，你摆出来，我都给你解决了。"

总务这么一说，二傻啥子都明白了，他说：

"你莫着急嘛，我走又不是你赶走的，是我自愿的嘛，见了李叔，我会说，我是想他了，才离开县里的。"

总务松了一口气，把扯着二傻衣袖的手放了下来，说：

"你果真要这样说？"

二傻说："不这样说，大晴天给雷劈死了。"

二傻到银行，把存款全部取了出来。

他先花三十多块买了一块"桂花"牌手表，套到了手腕上。接着就该考虑给张华买的了。县城百货大楼有的确良衬衫、麻的料裤子等高档货卖，想着张华身上穿上这些光鲜的衣裤，二傻就心花怒放。二傻凭记忆，把张华的身材一说，卖货的阿姨便拿出好几种款式让二傻选。二傻怕选不好，就让人家卖货的阿姨帮选，人家怕一个人选不好，又叫来了几个卖货的一起帮选。几个人，七嘴八舌，一阵叽叽喳喳，终于帮二傻选了两套的确良、麻的衣裤，用绣了花的布袋包好递到二傻跟前。交了钱，要走时，二傻突然想到了春杏。

二傻觉得奇怪，这段时间来，他满脑壳里装的都是张华和黑妞，郎个就没有想想春杏呢？不想春杏不对呢。这样一想，二傻就决定给春杏也买点礼物。买啥子礼物，二傻为难了好一阵子，最后他的目光落在了那一排花手帕上。他想，三年前他送春杏的那张手帕怕是早被她用破了，丢了。这一次，一口气买它十几张，够她用半辈子，郎个样？二傻一问自己，就高兴起来，他把卖货的阿姨又叫来，指着那一排手帕，说每样要一张。

卖货的阿姨心肠热，爱管闲事，她说：

"二傻呵，你的那个女朋友是不是得了鼻炎，用那么多手帕干啥？每样一张，就是十二张。你那几百块钱怕用不完是不是？往后你不结婚不生崽了？都要花钱哩。两套衣服礼够重了，再买两张手帕够了。"

卖货的阿姨自作主张，只拿两张手帕出来，二傻急了，说：

"不是送一个人的，是送另外一个人的哩。"

卖货的阿姨呃了一声，说：

"你有两个女朋友？"

二傻说："是哩。衣服送一个的，手帕送另外一个的。"

卖货的阿姨脸一沉，装出不高兴的样子说：

"这就是你的不对了，衣服多少钱？六七十块，手帕呢，就是十二种都要了，也不过四五块钱。你对你那两个女朋友，高低贵贱太过火了。"

二傻说："是哩，一个是南宁知青，一个是王家坳的傻女，比不得哩。"

卖货的阿姨脸上复杂了好一会儿，语重心长说：

"二傻，你虽然是名人，有钱，但南宁女知青你要不到，而傻女你不会要。这些礼白送了！"

二傻拍拍腰间，豪气冲天道：

"白送就白送，这里还有大把哩！"

三

二傻一走就是三四年。开始的时候，王家坳的人还惦记他，久不久有人说，二傻到县城不晓得吃国家粮没有？有人到玉里街赶场，听人说看见二傻在县委食堂干活。不得了哩！后来又有人说，二傻不见了。不见了去哪里？王家坳人开始还想这个问题，时间一长，不想。到后来，差不多就没有人提二傻了。上两个月，大队赤脚医生到王家坳看病人，说二傻上了广播登了报，成"典型"了哩。有人问赤脚医生，二傻成啥子"典型"了，赤脚医生没有听到广播看到报纸，也是听人说的，也说不出个究竟。问他的人嘘一声，说：

"二傻那个麻尻样还能上广播登了报？扯卵蛋。"

赤脚医生的话成了笑话，很快又给人忘了。

　　春杏没有忘记二傻，她从她爹那里要了二傻家的锁匙，时常到二傻家扫扫院子、晒晒铺盖衣物，或者在火塘里升一把火，冲冲潮气。生火的时候，她坐在门槛，纳鞋底、做针线活，像这个家的主人。春杏这个样子，她爹心疼，叫她回来，她不回，她爹急了，去扯她，她反倒把她爹扯到了二傻的房里，打开二傻床头前的木箱，拿出她亲手做的布鞋，又拿出了那件军大衣，并排放在床上，比比画画告诉她爹，二傻的东西没有带走，他还回来。春杏爹叹气，心想春杏果然傻，二傻都到县城吃国家粮了，这间茅草房都可以不要，何况一件棉袄、一双布鞋了。

　　春杏爹心里嘀咕啥子，春杏清楚得很，她不理睬，照样子天天到二傻这里扫扫、那里晒晒。还养了几只鸡、一条狗，菜地里种了菜，把没人住的二傻家照样子搞得满院子人气，充满生机。春杏爹娘又是惊奇又是感叹，说春杏在家除了针线活，啥子都不会做，到了二傻家，啥子都会做了，她和二傻怕是前世有缘哩。

　　这天早晨，春杏一出门，看到一只喜鹊在她家门前的枇杷树上跳来跳去叫得欢，"喜鹊叫，亲人到"，春杏的心怦怦跳了起来，来的亲人会是谁呢？

　　晌午过后，春杏拿着针线篮到二傻家门槛边，还没坐下，手中的针线篮突然落到了地上，她看到门口站着一个人，天哩，是二傻回来了！

　　春杏掉头就往自己家跑。她哦哦嗬嗬喊，又激动又兴奋。春杏爹闻声急忙出门，一看，不由得大声叫了起来：

　　"哦，是二傻哩！二傻回来了哩！"

　　一传十，十传百，王家坳人都晓得二傻回来了。

　　王家坳第一个戴手表的是二傻。那块表在日头下，一晃一晃，闪着令人炫目的光。二傻那身的确良，更是令王家坳人目瞪口呆，玉里街上都没有几个人穿得起哩。人们实在不能将眼前这个二傻和几年前的那个二傻联系起来，觉得二傻像个天外来客。

王家坳人倾巢而出，全拥向了二傻家，二傻毫不吝啬，将大包小包县城才有卖的糖果点心分发给每个人。气派哩，衣锦还乡哩！

有人吃着香甜可口的花生酥，问二傻：

"你这次转回来，还去不？"

二傻还没来得及答，有人骂起来：

"你狗日的郎个问得这么蠢？二傻都是吃国家粮的了，回来转一转，就不回去了？"

挨骂的人嘿嘿傻笑了几声。

又有人问二傻：

"二傻，你一去三四年，不会天天在县城吧？百色去过没成？"

二傻愣怔一下，心想，李叔在百色，说去明天马上就可以去，这样一想，便说道：

"百色算啥？老子南宁都去过了。你忘了，老子不是说过一年去百色，两年去南宁的吗？"

问的人脖子一缩，脸一红，一副灰溜溜的样子，心里却不服，心想二傻牛屄，一口一个"老子"，本事再大，也不可能整一个县城女人来做老婆吧？问的人脖子一梗，挺了挺胸膛，说：

"大城市都给你走完了，郎个不见你带一个县城女人回来做老婆？"

一屋子的人都笑了。他们相信，二傻可以买手表，买的确良衬衫，找一个县城女人做老婆就难了。

谁想二傻高高挺起了胸膛，啪的一巴掌拍下去，说：

"你们笑啥子？老子找不到一个县城女人做老婆吗？县城的女人老子都不要哩。"

"哎哟，县城女人你都不要？莫非要百色的不成？"有人说。

二傻睥睨了一眼说话的人，说：

"百色的也算条卵。"

一屋子顿时鸦雀无声，人们大眼瞪小眼，然后又齐刷刷望着二傻，好一阵子才有人小心翼翼说：

"县城的不是，百色的不是，莫非是南宁的？"

二傻仰天哈哈一笑，说：

"对了，老子整到的正是一个南宁女知青，过几天带她来给你睄睄。"

"天哩，我们王家坳人不得了了哩！"有人惊呼。

闹到半夜，人们陆陆续续走了，最后只剩下春杏爹和春杏。

二傻说："三叔，我郎个谢你？三四年了，屋子没长霉，还养了鸡狗，菜园的菜更是旺，像住着人哩。"

春杏爹说："谢我干啥子？要谢谢春杏，这些年，全都是她替你看屋哩。"

二傻取出了那一大沓花手帕，放到春杏手上。春杏拼命推回去，从贴胸口的衣兜里掏出了一张手帕，在二傻眼前晃了晃，又收了回去。

二傻惊奇道："我送你的手帕还在？我以为早破了哩。"

春杏爹说："她天天都放在衣兜里，就是从来没有用过，哪里会破得了？"

春杏突然拿出一把锁匙递给二傻。

二傻愣了愣，疑惑道："这是干啥子？"

春杏爹叹了一口气，说："二傻，春杏以为你不走了，把锁匙还给你哩。"

二傻哦一声，对春杏比画道："你还留着吧，过几天哥一走，你还得帮忙看屋哩。"

春杏茫然的眼里闪过一丝悲伤。很细微，二傻郎个能看到呢？

住了两晚，二傻就坐立不安了，他晓得，他太想张华了。二傻在村里串了东家走西家，买的或讨要的，凡是王家坳出产的好东西，差不多都给他弄到了。第四天天蒙蒙亮，二傻背上沉甸甸的背篼，怀揣着张华留给他的地址出发了，找张华去了。

晌午还没到，二傻兴冲冲来到了张华所在的生产队。一打听张华住哪里，二傻就蒙住了，血像凝固了：张华三年多前，刚从那板水库回来不几天，就招工回南宁了。那个人还绘声绘色告诉二傻，说张华回来时，跟着一个另外公社姓蒋的男知青，他们好哩，都同睡一张床了哩。听说她回南宁时，肚里头都怀有崽了哩。

二傻脑子嘤嘤嗡嗡，脚步沉重，蔫巴巴走出村子。前边有一条小河。小河的拐弯角落里，有一口深潭，深潭边有一块硕大的岩石，还有一棵大树，居然也是酸枣树。这样子和那板水库的那口深潭有啥子两样？坐到深潭边，二傻哭了。哭得满脸是泪，哭得日头都暗淡了，哭得深潭上的那几只鸭远远地游走了，他们不忍心看二傻的那个伤心样了。

哭了一阵子，二傻不哭了。他把背篼的东西倒了出来，一袋饭豆、一袋小米、一袋旱香糯、一袋核桃、一袋水柿子、两块腊肉，统统都抛进了深潭里。他一边抛，一边在心里头说：

"张华，你说你喜欢我，原来是耍我。你早跟蒋知青好了，你还把奶子给我摸干啥子？你骚，害得我天天想你。你死去吧，老子不再想你了。"

二傻摸出火柴，他要把那两套的确良、麻的衣裤都烧了。

火柴擦燃了，他却舍不得烧了。烧了就等于烧了六七十块钱，笨卵呀，拿回去送给春杏不成呀？二傻这样想了，就把燃去了一大半的火柴杆丢到了深潭里。他站起来，长舒一口气，把轻飘飘的背篼甩到背后，回家了。

那天二傻可以天不黑就回到王家坳，他觉得羞于见人，啥子南宁女知青，人家三年前就没影了。牛皮吹破了哩。二傻磨磨蹭蹭，等天全黑了，才悄悄进村，溜进了自己的家。

一进屋，二傻一眼看到坐在火塘边的春杏。

春杏在纳鞋底。火塘里有微火，微火淡淡地映在春杏的脸上，有一层迷人的粉红。

二傻悄悄进屋，站在暗处，春杏没有抬头朝这边望，却晓得二傻回来了。她站起来，打开了鼎罐盖。她居然会弄饭菜！大米饭香哩，蒜薹炒腊肉香哩，煎荷包蛋香哩。二傻觉得这些都没有他靠近春杏时，春杏身上散发出来的香气香。二傻把那两套衣裤递到春杏跟前，春杏没有推托，当着二傻的面，脱去上衣就试穿给二傻看。

春杏除了香，还白嫩，胸脯上的红肚兜胀鼓鼓，两个奶子一颤一颤，像要跳出来。二傻脑壳嗡嗡地，猛地张开手，一抱，就抱住了春杏。

春杏没有去针线篮里摸剪刀，她无声无息，任由二傻把她抱到了床上。二傻脑壳要爆炸了，身体里的血突突突地狂奔，他扑到春杏的身子上，一下子就溜进了她的身体里。

舒服后，二傻怕了。怕春杏哭闹，怕春杏的爹娘找上门，怕村里人骂他是个傻女都不放过的流氓。二傻决定逃，逃到地区去，找李叔吃地区国家粮。地区在王家坳人眼里是走不到的天边，到了那里，哪个还找得到他呢？

春杏还在沉睡，二傻爬起来，像贼一样，偷偷溜出村，跑了。

四

二傻傻了，不会干活了，已经回王家坳了。县里人到地区汇报工作，顺便向李副专员说了。李副专员很吃惊，说：

"这三四年怎么就让一个人变傻了呢？"

汇报工作的是县委麦副主任，他说：

"听办公室马主任说，二傻三四年没有见过一个人，没有和一个人说过话，反应变迟钝是正常的，他回家住一段时间，和家乡人多交流交流，很快又正常。到时他回来，我们再给他安排工作。"

李副专员怕二傻的事为难县里，就说：

"小事小事，不要勉强，他回来就好，不回来就算了，不要为这点小事太过操心。"

二傻没有让县里操心。他操心到李副专员这里来了。那天李副专员下班回家，还没进门，就听到有个大嗓门在说话，一边还有他老婆咯咯的笑声。大嗓门的说话声像是二傻，李副专员进门一看，果然是二傻。

见到李副专员，二傻激动地站了起来，说：

"李叔，我看你和婶娘来了。"

"二傻，这么远的路，要转两趟车，你……你……你不是……"李副专员欲言又止，吃惊道。

二傻还没有回答，林广播哎呀一声，抢着说：

"不就转两趟车吗？这么大个人怕丢了不成？你以为二傻真的傻了呀？县里那帮人胡说八道。二傻，你说是不是？"

自己变傻了他自己郎个不晓得？不过是县里那帮人不想安

排他招工吃国家粮的一个借口。刚才林广播说，二傻就有点生气，现在听李叔的口气，恐怕也相信了那帮人的胡说，更生气了，就忘了他对总务的保证，忘了他大晴天给雷劈死的诅咒，说：

"是哩，是县里那帮人胡说八道哩。难怪，我在食堂干得好好的，他们硬是又安排一个人进来，抢了我干活路的权力。"

李副专员想到县里人说二傻手拿泔瓢找泔瓢的事，哑然笑了笑，说：

"二傻，你莫听你婶娘瞎说，县里人哪个说你傻了？没有嘛。就算有人说了，你李叔不信，就说明你没有傻嘛，你说是不是？"

二傻把头点得像啄米。

晚上睡觉的时候，李副专员问林广播：

"你看二傻是不是有点子傻了？"

"没有嘛，看不出嘛。"林广播说，"下午他来到，我让他洗澡，他洗完澡，不但把自己的一身衣服洗了，把你昨天换下的也洗了，手脚麻利得很，傻什么傻呀？"

李副专员肯定道："县里那帮人胡说八道。"

第二天大早，李副专员上班，临走时对二傻说：

"国家正在建设枝柳铁路①，抽调民工的文件发下去了，过几天各县的民工集中到地区，各地区的再集中到南宁，然后到建设工地去搞大会战，你跟我去吧。"

二傻一听，激动得心都快跳出嗓门了，他等李叔出了门，举双手，仰天吼了一声，把也正要出门上班的林广播吓了一跳。

---

① 枝柳铁路，南起广西柳州，北接湖南永顺，全长 883 公里。1970 年 9 月动工兴建，1978 年 12 月 26 日在怀化举行通车典礼。

林广播说：

"不就是修铁路吗？那个活累死人呢，看你那个高兴。"

二傻说："婶娘你不晓得，修通了铁路能不坐一坐火车吗？哎呀妈呀，坐火车哩，王家坳有哪个坐过？怕是玉里街也找不出一个。还有，李叔说，要先到南宁集中，这样我不是也能到南宁了吗？我跟王家坳人说，我到过南宁，那时是吹牛，这一回，就不是吹牛了。"

林广播咯咯笑，说："二傻，我看你真的有点傻。给，这是大门锁匙，在家闷了，就上街走一走。"

在家果然闷，林广播前脚出门，二傻后脚就跟着出了门。百色真大，比隆西县城不知大了多少。再大，二傻一天也就走完了。走完了就再走。一次新鲜，两次新鲜，三次仍然新鲜。二傻像傻子一样，天天到街上逛。逛到了第五天，李叔跟他说：

"各县的民工都到了，下午开誓师大会，明天就出发了。"

下午在地区礼堂开誓师大会，二傻被编排到隆西县的队伍里。

队伍里，二傻看到了春杏爹。他们的目光对碰时，二傻的心咯噔了一下，惊喜尚未表露出来，就有了转身逃跑的念头。他还没有来得及转身逃，春杏爹大叫了起来：

"二傻二傻，你妈麻屄的，我说你狗日的郎个不说一声突然就跑了，我还以为你被那个南宁女知青拐跑了，原来是跑来这里呀。想不到，想不到哩。"

说话间，春杏爹几大步上来，几拳捣到了二傻的胸口上，又说：

"春杏穿上你送给她的的确良，一大早就跑去你屋里，一杆子又跑了回来。我以前没见过她哭，那早，我才知道她会哭哩。一问，她比画，说你走了。咳，春杏这个女娃哩，怕是对你有感情哩。"

春杏爹感叹：

"果真是傻，她哪里晓得我们二傻要讨的老婆是南宁女知青呢？"

二傻逃跑的念头消失了。他和春杏的事，春杏没有说。二傻突然很感激春杏，突然很想念她，那晚的情景又跳了他眼前，很细腻过滤了一次。

二傻正陶醉，有人来到他身边，说：

"二傻，找你好难找。来来，有光荣的任务交给你了。"

二傻抬头一看，是隆西县委的麦副主任，在县里，二傻和他很熟，咧嘴一笑，说：

"啥卵子光荣任务？"

麦副主任说："誓师大会上有党员代表、团员代表、农民代表、妇女代表、知青代表各一个上台表决心，你还没有招工，还算农民，代表农民上台表决心吧。"

二傻一脸的为难，说：

"不成不成，我还没有上台讲过话，怕哩？"

麦副主任说："你怕啥卵？你想想，几百号人，有几个代表？选中你，是你的光荣，是我们隆西县的光荣。"

春杏爹插话说："也是我们王家坳的光荣。"

麦副主任一巴掌拍到春杏爹的肩膀上，说：

"队长说得对，也是王家坳生产队全体社员的光荣。二傻，这么多光荣，你还推啥子？"

二傻心动了，说：

"上台了，说啥子呀？"

麦副主任拿出一份讲稿，说：

"你照这个念就行了。"

二傻接过一看，讲稿不长，通篇都是"怕不怕，想想董存瑞""累不累，想想上甘岭""苦不苦，想想红军长征二万五"等朗朗上口的豪言壮语，念起来不拗口。

麦副主任见二傻还在犹豫，严肃起来，说：

"二傻，决定谁当代表上台表决心是你李叔圈定的，你还推托啥子？"

二傻不犹豫了，说：

"好，我当这个代表。"

几百民工，加上地区机关干部，上千人，礼堂座无虚席，一望过去，黑压压全是晃动的人头。开会前，人声鼎沸，二傻的心还不算跳，说开会了，顿时鸦雀无声，二傻的心就开始跳了。从第一个代表上台表决心开始，二傻的心猛跳，腿还发抖。一抖再抖，抖到了肚子上。肚子一抖就想撒尿，很紧，像是要飙出来了。二傻看到主席台边上有个侧门，门边有"厕所"两个字。二傻想，从这个门出去，一到厕所，这泡尿撒出去，那该多舒畅？二傻不敢站起来，他想，他一站起来，走过去，该有多少双眼睛盯着他？而且，谁晓得他是第几个上台，万一下一个就轮到他，他刚好在厕所，从厕所跑上台，那就不是"光荣"，而是丢丑了。

二傻正胡乱想着，会场一阵掌声，党员代表下台了。掌声停下后，喇叭传出主持人的声音：

"同志们，大家还记得省报6月3日头版头条《深山孤身三载，为的是国家财产》那篇长篇通讯吗？那篇通讯的主人公王二傻，现在就在我们的身边。下面，请农民代表，隆西县玉里公社牛背大队王家坳生产队社员王二傻上台讲话。"

掌声如雷，二傻抖着腿走上台，哆哆嗦嗦念完稿，又在如雷掌声中，抖着腿走下台。

回到座位上，春杏爹一巴掌打在二傻大腿上，说：

"不错不错，敢上台的胆量就够不错。"

见二傻没有反应，春杏爹又一巴掌打下去，说：

"二傻，你傻了是不是？郎个不吱一声？"

二傻像从梦游中醒过来，心有余悸说：

"娘哩，吓死人哩，脑壳嗡嗡，都不晓得讲啥子了哩。"

代表们一个个讲完话，最后是李副专员做总结性发言，前面一大通都是套话，没有几个人记住。最后几句，赢得的掌声差点把礼堂顶掀翻了，他说：

"农民代表王二傻前几天跟我说，他没有坐过火车，他的家乡王家坳也没有一个人坐过火车，我相信，在座的绝大部分也没有坐过火车。我保证，枝柳铁路修通后，你们个个都坐火车回南宁，然后，我到南宁火车站接你们回百色。"

誓师大会结束后，有丰盛的晚餐，鸡鸭鱼肉齐全，还有酒，尽管喝。没有那么多酒杯，就用碗代替。春杏爹喝了一口，满脸惬意，他吧咂着嘴说：

"哎哟，是六角七分一斤的那种纯大米酒哩。"

二傻说："你郎个晓得？"

春杏爹说："老子是酒仙，一过嘴，是哪种酒，供销社卖多少钱一斤，老子都晓得。二傻，今天你给我们农民争了光，叫我们扬眉吐气！来，三叔敬你一碗。"

二傻赶紧推辞，说：

"莫说一碗，就是一口也醉了。"

春杏爹说："你笨卵呀，一斤六角七分的酒，你不喝一口，亏死了哩。你晓得在王家坳平时喝啥子酒？几分钱一斤的甘蔗酒橡子酒，那种酒你晓得喝多了会郎个样？像睡在磨盘上转。那种酒你不喝就算了，这种酒，而且是老子敬你的酒，你不喝？"

经不住春杏爹的软泡硬磨，二傻端起酒碗，当一声和春杏爹碰了，一仰头喝了一大口。五十几度六十度哩，一口比张华给他喝的半斤葡萄酒还烧，二傻呛得冒眼泪，肚子像有一团火，呼呼烧起来。春杏爹哈哈大笑，说：

"吃菜吃菜，不吃菜垫肚子，你一竿子就醉。"

二傻一边呼哈呼哈吹气，一边夹块三指膘肥肉丢进嘴里，一嚼，嘴角流油。二傻一块肉还没吞下去，有人过来敬酒。来人说：

"二傻，早晓得你的大名，敬佩，来，敬你。"

人家诚心诚意，你能推托？二傻当一声和人家碰碗了，又喝一大口。

酒碗还没放下，又有人举着酒碗来了。来人说：

"二傻，你是英雄，来，敬你。"

人人都说二傻是英雄，二傻就觉得自己真的是英雄了，英雄能怕酒？二傻当一声又和人家碰了碗，又喝了一大口。

本县认识的也好，外县不见过面的也好，人家都想再目睹二傻的风采，都想和他碰一碰碗。肉没吃几块，酒倒是喝了一口又一口。人家刚刚进入喝酒状态，绾衣袖猜码划拳声刚起，二傻就已醉眼蒙眬，天旋地转。最后，他仰天长啸，大口大口吐了一地。在众人的哄笑中，二傻烂醉如泥。李副专员闻讯赶来，皱着眉头叫春杏爹赶紧把二傻架回去。

五

修铁路不外乎逢河架桥，遇山打洞，夯实地基，铺上碎石，架上枕木铁轨就行了，简单得很。派给隆西县民工队的活更简单。他们的任务是炸石头，再把石头丢到碎石机里，让碎石机把石头打成一块块乒乓球大小的碎石，有车来了，把碎石铲到车厢里头，就啥子也不管了。隆西县民工队的活简单，二傻的活更简单，他干的又是炊事员，管一日三餐。

二傻得起早，忙得像陀螺，转到天黑。二傻像陀螺转，春杏爹就在一边抱着一条两尺多长的水烟筒吸得咕噜咕噜响，惬意得像神仙。

要说简单，春杏爹的活路最简单。他是爆破队长，指挥几个人把大岩石炸破了，下面的事就是等吃等喝了。

修铁路简单，但危险。架桥不注意，掉下来死人，铺铁轨不知哪根枕木发了神经，突然弹起来，砸着脑壳，一样死人。挖隧洞更容易死人，一塌方，一次死十来个人也不是啥子新闻。按道理，搞爆破简直是与死神打交道，偏偏是爆破的死人最少，与炸药雷管打交道，人人小心得像走近了马蜂窝。一两千里的修路线上，动不动有人死，碎石队还没一个死的。

有一次，二傻看到春杏爹晒日头晒得太舒服了，说：

"你来煮饭，我去炸石头算了。"

春杏爹懒洋洋挪挪身，眼皮抬了抬，说：

"你想死？那活路是你干得了的吗？危险哩。"

二傻说："你们一个个好好的，危险啥子？"

春杏爹说："哪天死都不晓得哩。"

春杏爹不幸言中，他被炸死了。

初春一个阳光温暖的日子，好消息频频传来。一是说，千里铁轨全线贯通了，就在这几天，试开的火车就要开过来了。二是说，试开火车一经过，民工就可以回家了。铁路一修就修了三年多，几乎没有人回去探过亲，都想家了。三是说，李副专员没有吹牛，民工回家时，有专列送回去。

大家兴奋、激动，心急的人，都吆喝着收拾行囊，上缴工具，准备回家了。晌午时，上头传来指示，说有一段路还缺七八车碎石，还要再打。春杏爹二话不说，带几个人就上了采石场。

春杏爹是排哑炮时，被又炸了的哑炮炸死的。

过后爆破队的人都说怪了，以前排哑炮，十多二十分钟就上去排了，这一次，春杏爹说，马上要回家了，麻痹大意不得，一直等了半个多小时。半个多小时不要说两尺长，就是一百尺长的导火索，也早就燃完了。半个多小时后，有两个毛头小伙子争着去排那个哑炮，春杏爹说，都不争了，他经验丰富，由他去排好了，结果就被炸死了。

二傻闻讯跑去时，春杏爹已经被抬下了山。那块炸飞的石头狠哩，硬是把春杏爹的胸口砸出了碗口大的一个洞。

见到二傻，春杏爹还笑了笑，说：

"二傻，你三叔这下子完蛋了，火车坐不到了，回不了家了。"

二傻哇一声哭了。

春杏爹说：

"二傻，你哭啥子？男子汉有泪不轻弹。你莫哭，你叔有话和你说。"

二傻抹了一下眼角，说：

"三叔，你说，二傻在听着哩。"

春杏爹说：

"春杏可怜哩。"

二傻说："我晓得。"

春杏爹说：

"她又聋又哑又傻，对你的感情也傻，你不在，她天天到你家里，把你家当她家了哩。"

二傻说："我晓得。"

春杏爹说：

"我晓得，那个南宁女知青你娶不到。春杏我就托付给你了，你以后莫再欺负她了。"

二傻慌起来，他想，他不睡了春杏，她爹能说这样的话？这么久来，她爹对他和往常没有两样，要是别人睡了春杏，早被他打破了头。二傻还没来得及答话，春杏爹双眼一合，死了。

开始死了民工，还会通知死者家属，等个几天，来七八个人，才开追悼会，才把死者埋了。后来动不动死人，还搞那么多的烦琐，铁路不用建了。后来死了人，召集本县民工，开个简单的追悼会，树块碑，当天就地埋了。春杏爹一个样，死了不过半天，坑挖好了，碑也刻好了，一副薄棺材装了他的尸体，草草埋了下去。

春杏爹死后没有几天，试运行的火车轰隆轰隆、咔嚓咔嚓开来又开去。火车头冒出的浓烟很快消失，留下了一条铁轨横卧在那里，没了一点声息。二傻突然失落惆怅，心里空荡荡。

又过两天，终于传来回家通知。火车没有正式通，仍旧坐大卡车回去。民工们回家心切，坐大卡车就坐大卡车。二傻更急着回王家坳给三婶娘报丧，更急着见春杏，他二话不说，卷了铺盖，提了春杏爹的遗物，挤上车，回家了。

大卡车跑了一整天，天黑时到了地区。二傻他们要在地区招待所住一晚。二傻想到三年前从这里出发时，锣鼓喧天、鞭炮阵阵的欢送情景。此刻，别说锣鼓和鞭炮了，就是欢迎的人也没见着一个。地区招待所服务员把几串锁匙交给了县里带队的，埋怨几句怎么这么晚才到，让她等急了之类的话，一拍屁股走了。二傻在心里感叹，骂了一句："麻屄的。"

安顿好住宿，二傻找到县里带队的请假，说要看看他的李叔去。

"看你李叔？二傻你真不懂，还是装不懂？"县里带队的诧异道，"你李叔早提拔，调到别的地区当专员去了。"

难怪在枝柳铁路工地三年，没见过一次李叔，提拔调走了哩。二傻张嘴半天合不拢，心想李叔也真是的，提拔了，调走了，也舍不得和他说一声，叫人家以为李叔和他生疏没有感情哩。他讪讪道：

"哦，对了，李叔托人跟我说过，看我看我，忘了。"

二傻想问李叔调哪个地区，话没有出口又收了回来，他想，李叔一定会托人或者来信告诉他，他调去哪里了的，先回王家坳吧，现在，这是最急的事。

在地区住了一宿。第二天大早，二傻他们又爬上大卡车，昏头昏脑在公路上颠簸了七八个钟头，回到了县里。

县里和地区的冷漠相反，大卡车开进县招待所时，县委的几个头头和一大帮机关干部都围过来嘘寒问暖。晚饭丰盛。端起酒杯，二傻想到了春杏爹，想到是他第一次把他搞醉了，想到在以后的三年里，他一步一步教会了他喝酒，想到他如果不死，现在就在自己的身边呢。想到这里，二傻就流泪了。一流泪，二傻就吃不下东西，只想快一点儿赶回王家坳。

春杏爹死亡的消息，早几天工地指挥部已通知了地区，地区通知了县里，县里通知了公社，公社已经派人到王家坳送去了抚恤金。春杏娘不相信，她说，春杏爹健壮得像头牯牛，郎个一说死就死了？她说昨天才收到他的信，说铁路修通了，很快就能回来了，郎个今天就来人说他死了？公社来人说：

"信没有电话快，可能是陈队长发了信才死的。我们也不愿相信陈队长死了，过两天王二傻回来，具体经过他会讲的。"

春杏娘捏着抚恤金放声痛哭。娘一哭，春杏就晓得发生了啥子事，她沙哑地哦嗬着，发疯了样向村头跑去。跑到那棵老枫树下，她不跑了。一待就待了两天两夜。这两天两夜，她不吃不喝不睡，就是村里最有威望的七叔公拄着拐杖来劝她，她也不转回去。大家可怜春杏，时时有姑娘小媳妇轮流着陪春杏站在老枫树下。

人们都说，春杏不傻，她晓得她爹死了，她是在等二傻哩。

第三天过了晌午，一个放牛的娃崽在坡上远远看到二傻在转来的路上，大声喊：

"二傻叔回来了哩。"

一村的人，从田地间，从屋里，全拥到了村头老枫树下。春杏娘这两天两夜哭一阵，想一阵，到老枫树下陪女儿一阵，又赶回去陪半瘫在床上的春杏婆一阵。她眼前时常昏花，觉得春杏爹不时向她招手，喊她去哩，她惊骇，不知自己是人还是鬼了。听到喊二傻回来了，她恍恍惚惚，沉陷在迷茫混沌中，她如何被人架到老枫树下，已经没了知觉。看到二傻走来了，郎个二傻又变成了春杏爹呢？二傻和春杏爹交错、重叠走到她跟前，她清楚地说：

"二傻，这几年你去哪里了，郎个不说一声，春杏可怜，她婆可怜，我把她们交给你了哩。"

说罢，春杏娘一头栽到地上。人们七手八脚把春杏娘抬回家，牛背村的牛郎中和大队赤脚医生赶来，她已经死去多时。人们见里屋没动静，进去一看，春杏婆尸体已经僵硬，也已死去多时。

二傻回来，第一件事就是办丧事，连同春杏爹，三个人一起办。王家坳有个习俗，在外头死的人，尸体回不来，一样给他办丧事，放点死者的衣物进棺材里，埋了，叫"衣冠冢"。春杏家人缘好，一村子人个个都来帮忙。远近亲朋接到噩耗，一个不落，也都奔丧而来。二傻请了唱戏班子，一天到晚，唢呐声震天价地响，王家坳又是悲伤又是热闹，进进出出的人，多得像赶场。

办那么大一场丧事，得花钱，二傻花光存款，还把手表卖了。三天后，春杏爹娘、春杏婆，风光、体面下葬了。

送走最后一个帮忙的，屋里头只剩下二傻和春杏，二傻发现，这几天他太过悲伤，忙昏了头，像是忘了春杏的存在。

春杏成二十岁的大姑娘了，更丰满更漂亮了。二傻想到三年前，他把人家睡了，连夜逃了，心突突跳，羞愧万分。春杏倚靠在堂屋的梁柱上，轻轻抚揉着衣角，眼神满是忧伤。二傻的心像被刺一样痛，他走了过去，轻柔地揽住了春杏……

六

春杏吃不下东西了，一吃就吐。她蔫蔫的，一天到晚就想睡。二傻以为春杏得了病，请来了牛郎中。牛郎中一把春杏的手脉，说：

"恭喜恭喜！你老婆怀崽了。"

二傻高兴哩，逢人就说：

"有了哩，春杏有了哩。"

有人不信，心想春杏那个傻女，能怀崽？秋天到了，春杏的肚子一天大似一天，高高隆了起来。王家坳的人这下全信了。你看他们两家，死的死，跑的跑，就剩了二傻和春杏俩人，现在有后了，真的是大喜事哩！

喜人的事层出不穷，像分田到户、生产承包制，等等，原来想都不敢想的事，现在也变成现实了。

生产队长找到二傻说：

"二傻，你吃国家粮，田地就不分给你了。"

二傻说：

"国家粮来不及吃了，就是吃了，春杏和马上要出生的娃崽郎个办？他们不可能马上跟老子去吃国家粮吧？他们吃不到，老子一个人吃有鸡巴用。给老子分田地吧。"

爱和二傻顶牛的人说：

"二傻，你不去吃国家粮，留在王家坳跟我们一样当农民，那你还郎个去得了南宁？"

二傻哈哈笑了，说：

"老子早就去过南宁，可惜春杏爹死了，不然你问问他就晓得了。"

问的人肃然起敬，说：

"南宁大不大？"

二傻说："郎个说才好呢？反正车不停地开，穿过南宁，也要一个多钟头。县城有三层楼房是不是？南宁有三十层的。南宁的街道宽成了啥子你们晓得不？十多架汽车并排开都开得了。南宁有多大，这下子你这个'土包子'清楚了吧？"

听二傻讲的人哎哟一声，不敢多说了，免得给二傻扣帽子，说成是"土包子""井底青蛙"哩。

还是有人意犹未尽，小心翼翼问：

"二傻，你和春杏爹那回是去修铁路是不？那你们见过火车没有？"

"瞎——"二傻一脸的不屑，"修铁路不见过火车还叫修铁路？火车我们坐了一天一夜，一直坐到南宁，可惜百色不通火车，不然，一直坐到百色哩。"

没人注意到，二傻脸红了红。就是注意到，还以为他是说得激动哩。

有了递了一支烟给二傻，一边帮他点火，一边央求说：

"二傻，你就再说说吧。"

二傻说："还说啥子？"

央求的人想了想，说：

"比如说火车有多大。"

二傻吸了一口烟，吐出去，说：

"火车有多大？这样说吧，高呢，就是车轮子比我还要高。宽呢，两架大卡车并排也比不了它宽。长呢，我这支烟抽完了，它从我面前还没有跑完，几公里长哩。"

人们发出哎哟的惊叹。

二傻继续说：

"火车里头有茅坑、有伙房、有饭桌、有床铺，反正吃喝拉撒睡觉听广播，啥子都有。"

二傻说的都是陆陆续续听人你说一句，我说一句，连串起来的，陶醉了别人，自己也陶醉了。他产生幻觉，自己就是坐过火车的嘛。二傻会偷偷脸红，他晓得自己牛皮吹大了。不过，他想，李叔很快会有信来，他抽空，去看李叔，不就有火车坐了？反正，他一定会坐到火车的。

李叔一直没有信来，也没有托人捎个口信。时间越过越久，李叔这两个字进入了二傻的记忆深处，偶然想起，觉得很遥远。

翻过了年，春杏的肚子像箩筐。到了五月，春杏快走不动了。

牛郎中到王家坳行医，顺便到二傻家坐坐，见春杏的样子，帮她把了把脉，对二傻说：

"春杏的肚子大得有点不正常，血脉很虚，到时碰着了问题，不晓得王二婆那点接生本事解决得了不了？"

二傻一听就急了，说：

"那郎个办？"

牛郎中说："公社医院有几个天津医生①，水平高哩，把春杏抬去医院生，啥子事都没得。"

二傻说："这么远的路，春杏颠不起哩，到时能不能叫医生来。"

牛郎中说："能是能，但不晓得来不来得及。二傻，快搭个架子，叫几个帮忙，把春杏抬去公社医院。听你叔说，没错。"

二傻迟疑了一下，说：

"那得花多少钱？"

牛郎中想了想，说：

"春杏是待产，哪个晓得要住几天院才能生？这样吧，你先准备一两百块，肯定少不了。"

一两百块，也把二傻吓了一跳。办丧事连手表的确良都卖了，还借了一百多块债。这一年养鸡挖草药，债好歹还清了，剩下来的没有十块，算是穷光蛋了。眼下还没有秋收，想卖粮都没得卖；猪栏的猪还是架子猪，没长膘，卖了多可惜。借嘛，倒是能借到，但不借上十多家，这笔钱就不会凑得够。一想到借钱，给人家赔笑脸，说好话，二傻就难受。最终还是决定，借钱，一定要保春杏和娃崽平安。二傻又是出门借钱，又是砍

---

① 1965 年 6 月 26 日，毛泽东提出要把医疗卫生工作的重点放到农村去。根据毛泽东的这一意见，卫生部党委提出《关于把卫生工作重点放到农村去的报告》。《报告》说，今后要做到经常保持 1/3 的城市医药卫生技术人员和行政人员到农村，大力加强农村卫生工作。为此，大批天津医生南下桂西等地，他们医术高明，为当地的医疗事业做出了重要贡献。1978 年后，这批天津医生陆续返回天津。

竹搭架子，忙得团团转，为啥子？春杏能不清楚？她挺着大肚子，找到王二婆，咿咿呀呀，哦哦嗬嗬，比比画画，王二婆越听，火气越冒得高，她找到二傻，指着二傻的鼻子骂：

"你妈麻屄二傻，你是不是信不着你二婆了？别说你了，就是你爹，是哪个接生的？你二婆从二十多岁起，本村的，四周村寨的，一共接生了多少娃崽？你听牛郎中的？他晓得啥子麻屄！"

二傻被骂蒙了，求助的目光投向春杏，春杏没有理他，拿起柴刀，几下子就把二傻捆好的竹架子砍了个七零八落。

二傻还被春杏逼着把借了的钱又退了回去。她比画说，她不想过借债的日子，她就是马上死了，也只相信王二婆。

依了春杏，一场悲剧又降临了。

三天后的半夜，二傻被春杏沙哑的哦嗬声惊醒，他起身一看，春杏的裤子都被血水浸透了。他跳下床，冲出门，朝王二婆家喊：

"二婆二婆，快来呀，春杏生了哩。"

王二婆预感春杏这晚要生，她没有瞌睡，候在火塘边向火①，听到二傻喊，她迈着莲花碎步，赶紧出门。

王二婆和两个小媳妇，从半夜整到天亮，也没有把娃崽接生下来。春杏流出来的血水，有大半盆。春杏已经没有力气喊叫了，她流泪，一串又一串洇湿了枕头。

牛郎中早被叫来了。他不会接生，只会骂，骂了二傻骂二婆，祖宗十八代都骂到了。然后又骂自己，说自己没有本事，眼看着春杏和娃崽都不行了，罪孽哩。

太阳升一竿子时，王二婆哭丧着脸出来说：

---

① 向火，桂西方言，烤火。

"二傻，二婆没有办法了，春杏和娃崽，只能保一个，你说，你要保哪个?"

二傻一把抓住二婆的手，急切地说：

"我两个都要保！两个都要保哩!"

王二婆说："不成哩，你二婆只能保一个哩。"

二傻哭了，说：

"那……那就保春杏吧！娃崽没了，还能生，春杏没了，就完了……"

王二婆拿起剪刀，准备把卡着了的娃崽剪碎，救活春杏。春杏突然坐起来，她把手伸进自己的身体里，狠命地抓了几抓，一个娃娃头竟探了出来。

王二婆丢下剪刀顺势一拉，罕见大的一个女崽出生了。女崽嘹亮啼哭，她的母亲春杏，却大量流血，死去了。

春杏死后不久，队长快马去叫的天津医生赶来了，听了牛郎中叙说，这个天津医生叹息道：

"小小问题，就死了一个人，唉!"

"春杏哩，我害了你哩，我郎个就没有带你去公社医院哩?妈哩，你走了，丢下我和女儿，叫我郎个办哩?"

二傻撕心裂肺，号啕大哭。过后，二傻给女儿取名忆娘。

下卷

2000 年之后的事

第一章

一

忆娘长到四五个月，她的笑声像铃铛，清脆响亮。到了七八个月，大家都说她比她娘还漂亮。忆娘过了三岁生日，二傻从箱底翻出了他上小学时的课本，找到了"白日依山尽，黄河入海流"这样的古诗词教她念。她念了两三次，朗朗上口，背了下来。二傻在心里说，老子当年没有吃到国家粮，到了忆娘，不用求人，考上大学，毕业了顺顺当当吃到国家粮。

几年后，忆娘以牛背中心小学第一名的成绩，到玉里乡初中读书，有人劝二傻说，嫁出去的女，泼出去的水，你这样辛苦供她读书，有条卵用，不如让她帮你干活，你落得点清闲。

二傻鼻孔一翘，说：

"你晓得条卵！"

忆娘上了乡初中，吃宿在学校，到了礼拜六下午，才能回来。第二天下午，背了一个礼拜的粮和菜转去学校，又要等一个礼拜才能回来。有人见二傻一个人孤苦，劝二傻续弦。

二傻仍旧一句粗话：

"你晓得条卵！"

二傻想，要续弦的话，春杏死的第二年就续了，那年牛郎中亲自做媒，要嫁他的小女儿给他，小他十岁，又嫩又漂亮，多少人想娶都娶不到哩。二傻怕忆娘受后娘的气，死活不肯再娶。

又过几年，忆娘以玉里乡第一初中毕业，顺理成章进入县一中。王家坳人奔走相告，说乡试第一，就是中了秀才，王家坳啥子时候出过秀才？而且是女秀才？王家坳这个山垌，飞出了金凤凰。

忆娘不愿到县城去读高中。她把录取通知书丢到一边，说：

"爹，忆娘不读书了。"

二傻一惊，说："为啥子？"

"爹，你一个人干活，辛苦哩，忆娘晓得哩。"忆娘说，"以前在玉里读初中，每个礼拜，忆娘还能回来帮爹干大半天的活，到了县城，这点忙都帮不上了。上高中，学费和别的费用又高了不知多少倍，这个书读不起了。"

二傻把录取通知书捡起，放到了忆娘手上，说：

"爹就是累死了，这个书你也要读下去，不但高中要读完，还要上大学，吃上国家粮。那样子，爹死了，才能合上眼。"

忆娘又把录取通知书丢到一边，说：

"爹这样说，忆娘就更不能去了。"

二傻又捡起录取通知书，放到忆娘手上，哈哈一笑，说：

"爹是吓唬你哩。你看你爹，多结实，累不死哩。"

"爹，你舍不得吃一个蛋，舍不得多吃一块肉，衣服几年都没有添一件新的，为啥？为了忆娘读书！"忆娘说，"忆娘心疼，爹，求求你了，这个书，忆娘不去读了。"

多懂事的女儿，二傻心里暖暖的。为了爹就不去读书，又让二傻气恼，他吼"老子打死你"，扬起的手打得下去吗？女儿出生到现在，啥子时候打过她？就是骂，也就骂过一次。那一次，忆娘给煤油灯加油，把煤油瓶打破了，还有半瓶油哩，二傻心疼，就吼了一声"毛手毛脚"，忆娘愣了一下，哇地哭了。女儿一哭，二傻才晓得，女儿哭，比半瓶煤油，不，就是一瓶煤油全打泼了，还要叫他心疼哩。他赶紧抱紧了女儿。打不得，骂不得，书又是非去读不可的。二傻不晓得郎个办才好，一急，就呜呜哭了。二傻想自己辛辛苦苦一年到头，为了啥？就为了女儿，为了她读好书，去吃国家粮，可她那样犟。二傻想到了春杏，要是春杏在，她会让自己受这种委屈吗？一想到春杏，二傻更觉得委屈，二傻用巴掌捂住了脸，泪水也硬从手缝里冒了出来。

忆娘不知所措。她想，这个书她不去读，爹的哭就不会停下，去读了呢，爹又要受多大的苦？想到爹舍不得吃一个蛋的情景，忆娘心一酸，泪哗哗流了满脸。

二傻不哭了，他起身到里屋，打开衣箱，从最底下拿出了两套的确良、的麻衣裤，说：

"你娘的，她没有穿过一次。到了县城，你也有两套像点样子的衣裳了。"

二傻的语气，忆娘不去也得去，不容忆娘再说：

"你的命，是你娘用命换来的，她若有灵，肯定不希望你一辈子在王家坳吃苦受累。"

二傻循循善诱道：

"你爹原来就准备吃国家粮了的，王家坳第一个哩。最后没有吃到，就算了，反正以后，王家坳也没有一个能吃到的。现在不同了，最有希望吃到的，就是你了。你要争一口气，上了大学，你不想吃国家粮，国家都不允许哩，你是王家坳第一个吃国家粮的，比你爹强，是王家坳的光荣哩。"

二傻语重心长说：

"你爹坐过火车，整个王家坳都晓得，就是牛背村等等的四村八寨，也没有一个人不晓得你爹坐过火车。你爹坐过火车吗？吹牛的哩。爹就希望你上了大学，然后在南宁，甚至到北京去工作，然后爹去看你，就有火车坐了，那时候，爹就不算吹牛了。"

二傻最后总结说：

"等你吃国家粮了，爹也老了，你不嫌弃爹的话，爹就去跟你住，帮你看娃崽，那样子，爹不也成了城里人吗？比吃国家粮还恶①哩。"

忆娘泪如雨下，打湿了娘留下的衣裳。她第一次听爹说了那么多话，那么多真话。在她的印象里，爹不知多少次说他坐过火车，原来是吹牛！但是，讲真话了的爹可爱，就是吹牛时的爹，也一样可爱。忆娘真想扑到爹的怀里，痛痛快快哭下去。忆娘大了，不好意思再往爹的怀里拱了。

忆娘很突然止住了哭，她抹干了泪，说：

"爹，忆娘去读书，忆娘要上大学，忆娘要到城里工作，吃国家粮。然后，忆娘接爹到城里住，请爹真正坐一次火车。"

二傻笑了，笑得灿烂，像中午的葵花。

那天半夜，忆娘模模糊糊中醒来，听到爹的屋里有窸窸窣窣的响声，她透过隔板缝，看到微弱的煤油灯光下，爹的床上摊着一大堆钱，有一块两块五块的，更多的是硬币和一分两分一角两角的纸币。忆娘晓得，这些钱是爹卖鸡蛋、卖核桃、卖饭豆、卖草药、卖余粮，等等，长年累月积存下来的钱。藏在一个小木箱里，爹取出一分都要想个老半天，现在，它们一股脑儿，全都要用到她去县城上高中。书学费、校服费、伙食费，还有一些不知啥子名堂的杂费，一个学期四五百块不晓得够不

---

① 恶，当地方言，相当"厉害""好"。这里当"还好"解。

够呢。两串泪悄悄从忆娘的眼角滚下来，她在爹"一角两角"的念念有词中，昏昏沉沉又睡了过去。

第二天天蒙蒙亮，鸡咯咯嘎嘎的慌乱叫声惊醒了忆娘，她出屋一看，见爹一手提着一只鸡，正不知郎个往鸡笼里塞。见了忆娘，二傻赶紧说：

"快来快来，帮爹把鸡笼口扯开。"

忆娘心疼道："爹，这两只鸡快要下蛋了，卖了可惜哩。"

二傻说："快要下蛋的鸡，才能卖到好价钱，有啥子可惜的？"

帮爹把鸡关进了笼里，忆娘发现爹的草鞋沾满了泥巴、草籽和露水，她一看背篼，装了满满的带皮糯苞谷棒，又是心疼，又是不满：

"爹，天不亮你就上山了，摔了郎个办？那片糯苞谷才灌浆没几天，现在掰了，秋天收啥子？"

二傻说："还有一大片，秋天大把给你收。"

忆娘说："反正可惜了。"

二傻说："爹晓得，但你的学费少了点子，卖了这两只鸡和这背篼糯苞谷棒棒，就够了。"

忆娘鼻子一酸，泪就打转到了眼眶里。

"咦咦咦，看我这个女娃，动不动就哭，有啥子好哭嘛。快点子收拾好了，跟爹去玉里赶场。"二傻乐颠颠说，"路上有好多牛屎泡，忆娘采了，给爹吃哩。"

忆娘眼眶里的泪不争气，忍不住，滚落了下来。

二

那年秋，王家坳倒了大霉。

村头的祖传家，有只鸡，头天晚上还活蹦乱跳的，第二天早上不会出窝了，硬扯了出来，它站在屋檐下，傻呆了一阵，突然脑壳一歪，陀螺一样旋转着，又一头钻进了鸡窝里头。再扯出来，这只鸡只会翻白眼，拍拍翅膀的力气都没有了。

祖传家把它劏了吃，连肠子都没舍得丢。

过后有人操祖传家的祖宗，说他家发了鸡瘟，干啥子不说一声？说了，别家把鸡关进笼里，离地三尺悬空吊起，不就保命了？祖传家不说，还把瘟鸡的鸡毛丢了一地。他家在村头，风口上，风一吹，瘟鸡毛满天飞。他家的鸡死了个精光，别人家的鸡也死了个精光。

二傻养的二十几只鸡，芦花鸡婆最后死。它是下蛋英雄，一年三百六十五天，它能下三百个蛋，三四年了，年年如此。那天它孵在下蛋窝里，肛门上的蛋都露出了一半，没能屙下来，咯一声，脖子扭成了麻花样死了。二傻蹲在它面前，啧啧老半天，心痛死了。

死光了鸡，还不算可怕。可怕的是死光了鸡，又死光了猪。进入秋天，猪的架子刚搭好，再催几个月的肥，到了腊月，几个人才能抬上案板，那时的猪叫年猪，有巴掌厚的膘。这年王家坳的年猪统统还在搭架子时死光了。

二傻勤快，年猪一下养了两头。开始顺风顺水，四五个月，架子就大得惊人，等催肥了，一头能有三百多斤呢。二傻盘算，一头杀了腊起来，慢慢吃，一头卖了，忆娘下学期的学费就解决了。一天时间里，上午死一头，下午死一头。两头一下死光，二傻欲哭无泪。

发了鸡瘟又发猪瘟，惊动了乡政府。乡长请来兽医，奔赴瘟疫盛行的王家坳、牛背村等几个村寨，得出结论，鸡是发禽流感，猪是患了炭疽。瘟鸡照吃不误，乡长和兽医承认，他们也吃过发瘟鸡，并没有因此丧命。对因炭疽而死的猪，乡政府专门发公告，一口也不能吃，县乡两级兽医站来了一帮人，死了的猪，统统挖地三尺埋了，统统喷洒药水，以防病毒传到人身上。乡长说，人患了炭疽，基本上是等死。二傻他们怕死，老老实实埋了死猪，一口也不敢吃。

那年过年，王家坳没有听到一声年猪被杀的惨叫，年夜饭必备的鸡鸭鱼肉全部要从玉里街上买回来。

天无绝人之路，那年粮食大获丰收。从山上背回来的苞谷、红苕、老南瓜，屋前门后全都挂满堆满，陡添了一派喜气洋洋的丰收景象。

那年不仅仅是王家坳粮食大丰收，整个乡，整个县，甚至全国，哪里不粮食大丰收？粮食大丰收，粮食的价格就贱，和上一年比，贱去了差不多一半。猪贩子们晓得这个地方遭了猪瘟，从外地拉来的猪肉，贵了差不多一半。一贱一贵，粮价惨了。再惨，农民多余了的粮食终究要卖出去，否则，年夜饭咋整？明年一开春，种子、化肥、农药咋整？对二傻来说，不把余粮卖出去，过年吃肉问题是小事，种子、化肥、农药也是小事，各种名目繁多的税收也还是小事，大事是忆娘下学期的费用郎个解决？秋收后，逢赶场，二傻一次不少，人背马驮，一次又一次将苞米、旱谷、红苕、芋头、饭豆、豌豆等农产品，拿到市场上去卖，一次十多二十块收入，到了腊月二十，忆娘从县城放寒假转回来过年时，几百块钱终于凑够了。

二傻刚舒了一口气，突然发现年夜饭的肉还没有准备。真是那么巧，大年三十是赶场天。二十九那晚，二傻和忆娘精心挑选上等红苕，装了一马驮和一背篼。装背篼的已经装好了，二傻又找来一个特大背篼，换了，装得满满的。忆娘提了提，提不起。忆娘说：

"爹，走那么远的路，忆娘背不动哩。"

二傻说："不要你背，是爹背的哩。"

忆娘说："爹背的，更加太重了，分一半出来吧。"

二傻说："分啥子？爹还嫌背篼小了，装的太少了哩。"

忆娘说："你以为你还是十几年前，一个人能扛两百多斤重的打谷桶，一口气走十多里呀，英雄没得当年勇了。"

二傻说："爹还没到五十岁，还是英雄哩。"

忆娘心痛道："还英雄呢，爹的皱纹，爬满额头了，空手走路背都驼了，心疼死了。"

二傻说："晓得心疼爹就好好读书，以后上了大学，到城里吃国家粮了，爹跟着去，就不用受苦受累了。"

"又说又说。"忆娘假嗔一句，又说，

"这背篼苔太重了，这么远的路，忆娘放心不下。"

忆娘说着，拿来一个小背篼，一边从大背篼里往小背篼分红苔，一边说：

"明天忆娘也去。"

二傻说："女娃崽家身子嫩，郎个能背重东西走几十里路？不成不成。"

忆娘说："爹呀，你从来不给我干重一点的活，你看，到了学校，我提半桶水到宿舍，中间要歇两回，搞得同学笑我，说我比城市小姐还娇贵。"

二傻说："城市小姐娇贵，农村小姐就不娇贵了？忆娘就是要娇贵一点，不然五大三粗的，以后到了城市，给城里人一眼就看出来是农村人，受欺负哩。"

忆娘笑了，说："爹还想得真远哩。"

二傻得意道："你以为你爹真的傻呀，老子也读过几年书的哩。"

忆娘嘻嘻一声，说："在牛背村中心小学读那几年也算数？"

"当然算了。你背的第一首唐诗，叫啥子来了，哦，对了，叫'白日依山尽，黄河入海流'，还是老子教的哩。"二傻说罢，挥挥手，又说，"明天打早爹去玉里赶场，你在家搞搞家务，贴对联，洗好打火锅的菜，爹下午就能回来。就这样子定了。睡觉去。"

第二天，天未亮，二傻就顶着凛冽的寒风，出门了。大年三十赶场天，去玉里街的人很多。开始二傻还能和他们走在一起，走了十多里地，一个个都超过了他，很快前后就不再见到一个人。二傻像老牛拉犁，哼哧哼哧喘粗气。二傻有点吃不消了，后悔不听女儿的话，背得过重了。

找个坎，二傻咦一声，将马叫停，然后放下背篓。人要歇一歇，马也要歇一歇。二傻原来想分一点红苕到马驮里去，看到马脖子都出汗了，喘气声比自己的还粗，就打消了这个念头。枣红马十来岁，算是老马了，让它驮百多斤的货走这么远的山路，二傻本来就心疼，现在，二傻宁愿自己累一点，也不愿再给它加重量了。

歇了歇又再走，走了一阵，又歇一歇。去赶场的人都有往回走时，二傻才赶到玉里街。赶场已经到了尾声，家远的，像王家坳这样二三十里的，早转回去了。剩下的一些人，家在玉里街，或附近村寨。他们要卖的东西已快卖完，或要买的东西都已买好。他们不紧不慢收拾东西，也准备返转了。

二傻一眼望到卖肉的摊贩，有一个拿起刀，顺手一刮，将案板上的碎骨肉末刮到地上，任由一群猪狗去争抢，然后顺手一丢，将刀丢进箩筐里，提箩筐回家了。剩下两三个拿着亮铮铮的刀，左顾右盼，恨不得还剩的肉马上卖光。二傻急死了，他担心肉一卖光，等下自己买啥子？忆娘在家等他买肉回去，做年夜饭哩。

二傻不叫人帮个忙，就想放下背篼，背篼太沉重，他没有撑住，一屁股坐到地上，背篼一翻，红苕滚了一地。旁边有人扶起二傻，有人捡红苕丢进背篼里。几个街上娃崽，趁混乱，抓起一两个红苕，塞进了自己的口袋里。二傻见了，不骂，反倒说：

"王家坳的苕，又脆又甜，拿，拿，拿几个去吃。"

二傻不骂，旁边的大人骂了起来，还举起手要打，偷红苕的几个娃崽一哄而散。

这一来，起了广告效果，好几个人围上来，你几斤我几斤，一下子称去了二三十斤。最后一个称的，是卖农药的马老板。马老板嘿嘿干笑几声，不说话。二傻一拍脑袋，尴尬道：

"对不起哩，马老板，欠你的钱一直没有还。"

二傻一边说，一边掏出卖红苕刚收进口袋里的十几块钱，数了数，递给了马老板。

"这还差不多。"马老板说，"以后你买农药钱不够，我还给你欠。"

二傻松了一口气，无债一身轻哩。

这几个人散去，就没有人再光顾。一背篼的红苕卖去不到一半，马驮的麻包口都还没解开。

二傻以前卖东西，从不吆喝，倒不是他的东西特别好卖，而是他觉得不好意思吆喝，咋咋呼呼的，丢脸哩。这时，他顾不得丢脸了，扯嗓门喊了起来：

"来哩，来买红苕哩，王家坳的红苕，又大又圆，不管是煮来吃还是烧来吃，又蒙①又甜，吃了还想吃哩。"

吆喝了老半天，没见吆喝来一个人，二傻看看肉摊，肉又更少了。他刚刚消去的汗，又冒了出来。他想，再等一下，没有肉卖了，连百货商店也关门了，他要给忆娘买一件新衣裳过年，到时买啥子？

这时，二傻望到街上做粉生意的徐矮子走了过来。米粉、芋头粉、绿豆粉、红苕粉、木薯粉，凡能做的粉，徐矮子都做。这时见到他，二傻像落水抓着稻草，他迎上去喊：

"他叔哩，你是来买我的红苕的吧？"

徐矮子手背在后腰杆上，一步一晃头，走了过来。他拿了一个红苕，看了看，说：

"好苕，好苕。"

二傻说："好苕你就全都买了吧。"

徐矮子说："好苕是好苕，但用好苕做粉，就可惜了。"

二傻说："可惜个啥？好苕做出来的粉不就更好？"

徐矮子说："有道理。"

徐矮子用脚尖踢了踢那两麻包红苕，说：

"全都要了，你一斤卖多少钱？"

二傻说："刚才我两角五卖出去二三十斤，你都要了，两角一斤给你。"

徐矮子说："这里总共有多少？"

二傻说："过称嘛。"

徐矮子说："过啥子称？估眼②。"

二傻说："估眼嘛，不少过两百斤。"

---

① 蒙，桂西方言，松软。
② 估眼，桂西方言，用眼来估计重量之意。

徐矮子说："就算有两百斤，给你二十块。"

二傻一听，惊了半晌，说：

"二十块，那不就是一角钱一斤呀？"

徐矮子说："一角钱一斤都贵了，我平时收购，六分钱一斤哩。"

二傻说："你平时收购的是啥子货呀？说得不好听，全是烂货哩。"

徐矮子瞥了一眼二傻，不满道：

"烂货？烂货做出来的粉，你郎个会买？"

二傻一时语塞，不知说啥子才好。徐矮子平常收的原料确实都是烂货。比如红苕，歪歪扭扭的，长虫眼的，有一边流水长霉了的，他都买。买来烂货，做出来的却是好货，畅销到百色、南宁去了。二傻都经常买哩。

二傻半天不吭声，徐矮子不耐烦了，说：

"卖不卖，不卖我走了。"

二傻看了看渐渐空荡的市场，叹了一口气，说：

"加五分吧，我全背去你家了。"

徐矮子又把手背到了后腰杆上，一边摇头走，一边说：

"一分都不能加。"

"你妈麻屄徐矮子，你是趁火打劫，老子卖不出去，背转回去，也不卖给你狗日的。"二傻哼哼两声，又说，"你算老几？老子坐火车时，你还穿开裆裤哩。"

徐矮子掉过头，说：

"你说啥子麻屄话？老子是可怜你才买你的苕哩，不然呀，尿都不尿你。你以为你早几年坐过火车就牛屄呀，去年老子坐飞机去过北京哩，哪个更牛？"

几个看热闹的人见徐矮子一边说一边走远了，也走了。

下雪了。像指甲壳大的雪花在空中旋来飘去，煞是好看。今年的头场雪哩，一帮娃崽跑到街上来，兴奋得又是叫又是跳。有的还摔起了甩炮，这里砰一声，那里砰一声。不知是哪家年夜饭吃得这么早，一长串鞭炮，响了好几分钟。

看着雪花，听着鞭炮声，二傻难过得想哭，他后悔郎个不带点子钱出来，也后悔不该先还了马老板的欠款，不然现在就可以先买肉，先给忆娘买衣裳了。

又有一个卖肉的卖完了肉，迈着八字脚，晃着满足的脑壳回家了。街上的五六间商店，有两三家早早关上了门。二傻绝望了，想着大年三十晚，忆娘吃不着一口肉，明天正月初一，忆娘穿不上一件新衣裳，他这个当爹的郎个当的？春杏在天上都要骂人了哩。

这时，韦副乡长走了过来。韦副乡长二傻认识，去年他曾到王家坳搞过《土地法》宣传，今年又来过一次，抓大肚子女人，凶哩，大家都不太喜欢他。二傻计划生育没有问题，韦副乡长对他不凶，有人不喜欢他，二傻说不上不喜欢。那天二傻刚收了板栗，还捧了一捧给他吃哩。

二傻还没有叫"韦乡长"，韦副乡长先说：

"二傻叔，来赶场哩。"

二傻答："是哩。"

韦副乡长抬头看看雪花，又抬手看看表，说：

"都三点多了，还下着雪，你干啥子还不回去？"

二傻答："红苕还没有卖出去哩。"

韦副乡长本来已经走了过去，听二傻这么说，停下了脚，转过来，看了看背篼里的红苕，说：

"这么好的红苕，没有人买？"

二傻说："卖去了二三十斤，还剩下两百多斤。刚才徐矮子趁火打劫，想二十块就全买了去。妈那个麻屄，那不是一角钱一斤呀。"

韦副乡长笑了笑，说：

"徐矮子确实要不得。这样吧。估眼算你两百五十斤，两角钱一斤，你全卖给乡政府食堂，成不？"

二傻大喜过望，感激涕零道：

"韦乡长哩，你是大好人，我不晓得郎个感谢你哩。下次你去王家坳，我劁鸡给你吃。"

韦副乡长又是笑笑，说：

"你别那样说，不买你的，也要买别人的，你感谢个啥子？"

二傻背着红苕，牵着枣红老马，跟在韦副乡长后头，到了乡政府食堂。卸下红苕后，韦副乡长拿了二十块钱和一张白条给二傻，说：

"总共五十块，出纳回家了，我身上钱又不多，这二十块你先拿着，还差的三十块，给你一张欠条，过了年，你来找我要，我不在，找出纳要也成。"

二傻接过钱和白条，心里冒出一丝不满，唉，又是白条！鬼晓得春节后跑多少趟才能拿到这三十块？这丝不满，很快被拿到手的二十块掩饰了。二傻想，没有韦乡长，哪有这二十块呢？这时候还去嫌这个嫌那个，真的没肝没肺哩！

二傻满脸堆笑，把钱和白条揣进了怀里，一路小跑去了市场。

天很快就阴沉沉。远处的山，只有了模糊的轮廓。雪越下越大，越下越密，落到地上越积越多，越积越厚，小路被渐渐埋没了。

二傻走在回家的路上。

这条小路，二傻不晓得走了多少次，熟悉哩，摸黑都能快步如飞哩。现在，二傻像才发现，自己确实老了，步履蹒跚，磕磕绊绊了。二傻想坐一坐马，枣红马跟他一样不断踩空，不断磕绊。他老了，马也老了，都老了，就要互相体贴，不能在大家都累个半死时，还拿它来骑。二傻又想，忆娘在家不晓得该有多着急。家家都吃年夜饭了，爹去赶场还没回来，忆娘怕是哭了。二傻觉得心口咚咚痛了几下，他驾一声，一巴掌打到了马屁股上，说道：

"老马哩，快点走吧，你家小主人怕是已经哭了哩。"

看到下雪，忆娘想，爹这天该遭多大的罪呵，泪就流了出来。忆娘边抹泪，边把屋里屋外扫得干干净净，擦得一尘不染。她把暑假上山采的香菇、木耳找出来，用水泡着，再把芫荽、蒜苗、大白菜、小青菜、黄花菜等都洗干净，放在菜篮里。她把火塘的火烧得旺旺的，等着爹回来，和爹坐在火塘边，向着温暖的火，吃火锅哩。

天都黑了，仍没见爹回来。忆娘一次又一次跑到村头的老枫树下，见一人都问："见着我爹没有？"忆娘一次又一次失望。一家家放鞭炮吃年夜饭了，忆娘等到慌了。她回家拿了手电筒，沿着小路，向爹回来的方向跑去。

终于看到王家坳一家家的灯火，闻到了弥漫在空气里的肉香酒香，听到了此起彼伏的鞭炮声。二傻兴奋得像个娃崽，不停地叫着驾驾驾。突然，二傻一脚踩空，哎哟一声跌落到了路坎下。

二傻脑壳撞着了岩石，眼前飞出了一串串金星。

枣红老马听到了主人哎哟一声，回头连人影也没得了，它伸长了脖子，哀哀地嘶鸣了起来。

嘶鸣在山谷里来回旋转，传出了老远。忆娘一听就听出是自个家的马在叫。忆娘"爹……爹……爹爹……"叫着，迎着马叫声跑来。

见着了马，没见着爹，忆娘惊骇地摸着马头，问：

"爹呢？我爹呢？"

马甩甩尾，摇摇头，打了一个响鼻，掉头往回走，走了十多步，马停下来，又打了一个响鼻。这时，忆娘听到了路坎下，爹微弱的哎哟哎哟声。

忆娘趴到路坎上，目光跟着电筒光，看到爹趴在路坎下，一动不动。忆娘惊呼，带着哭腔喊：

"爹，你郎个了？"

二傻被叫清醒了过来，他回过头，冲路坎上喊：

"忆娘哎，莫着急，爹没事。哎呀，老眼昏花了，郎个有好好的路不走，走到路坎脚下来了呢？"

忆娘忍不住想笑，还没笑，先哭了。她哭着说：

"爹，你额头上有血，伤了哩。"

二傻说："破点子皮算啥子哩，你莫哭，快莫哭了。你照照背篼，看东西少没有。"

忆娘吸嗦一下鼻子，把电筒光照到了背篼里。

二傻边翻背篼里的东西，边说：

"猪肉在，鞭炮在，对联在，几斤盐巴也在。哟，你的新衣裳呢？妈哩，你的新衣裳不见了哩！你快打电筒找找。"

忆娘的手电筒光一移出背篼外，二傻就看到坎脚下的一包东西。二傻像怕这包东西会飞走一样，紧紧把它抱了一会儿，才轻手轻脚打开。电筒光下，忆娘看见一件大红格子棉袄闪闪发亮。

二傻爬出坎脚，把棉袄打开，穿到忆娘身上，说：

"看看，新年没成到哩，我女娃提前穿新衣哩。哎呀，我女娃穿上这件棉袄，又漂亮了好多哩。"

忆娘说："爹呀，你看你，买这么贵的棉袄。"

二傻说："不贵不贵，就五十块钱。"

忆娘惊叫： "哎呀，五十块还不贵呀？卖苕的钱有那么多呀？"

二傻嬉嬉笑道："韦乡长买我的苕，有一半打白条，我买这件棉袄，全部打了白条。"

忆娘说："吹牛，人家给你打白条呀？"

二傻说："商店老板是爹的老庚①的表哥的老婆，认识，说好了，过了正月才给她。"

爹有多少钱，盘算做啥子，忆娘都晓得，没有买棉袄这几十块钱的开支呀？为了这几十块，爹又得省吃俭用，又得冒险上山采草药啥子的了。忆娘心痛，泪不知不觉又冒了出来。

"咦咦咦？大过年的，你哭啥子？"二傻说。

"忆娘心疼爹！"

"爹好好的，你心疼啥子？"

二傻驾一声，拍了一下马屁股，说：

"带的苞谷少了，它吃不饱，驮的红苕又重过火了，爹心疼它哩。走，回家去，给马吃拌盐的苞谷。爹呢，吃忆娘动手做的年夜饭。走啰，回家啰……"

雪仍旧在无声无息下。雪地上，有一串二傻、忆娘和枣红老马纷乱而又清晰的脚印。

---

① 老庚，在桂西农村，同年生、情趣相投的两个人结拜为兄弟，称老庚。

三

过了年，老天爷有眼，该出太阳时就出太阳，该落雨时就落雨，家家户户把田地都种了。

二傻田地里的基肥放得足，种下去的东西壮壮实实飙着长。到了这个时候，田地里除了施肥锄草，就没啥子活路好干了。

二傻想到了乡政府食堂欠他的三十块钱，连续两个赶场天，二傻都去，韦乡长的影子见不着。二傻拿着韦乡长写的白条，给哪个看，哪个都说找韦乡长去。那时候的赶场天，已经不固定在礼拜天，而是"隔三赶四"，也就是说隔三天就有一次赶场天。白跑了两次，第三个赶场天，二傻学乖了，鸡才叫二遍，他就上路，还不到八点上班，他就在韦副乡长的办公室门口候着，眼巴巴看着乡政府大门口，等韦副乡长进来。八点刚过，陆陆续续进政府大门的人里头果然有韦副乡长，二傻站起来，喜不自禁叫道：

"韦乡长。"

韦副乡长惊诧道：

"二傻叔，你这么早就从王家坳赶到这里了？"

二傻乐滋滋说："是哩，理不过三哩。"

韦副乡长说："啥子理不过三？"

二傻说："韦乡长，你晓得不？我这是第三次来找你了，头两次见不着你，这一次，就见着了，理不过三哩。"

韦副乡长说："你找我干啥子？"

二傻拿出白条递过去，说：

"咦？你忘了，过年前我的红苕……"

韦副乡长哈哈笑，说：

"二傻叔你郎个这么傻？我不是说找不着我就找出纳吗？走走走，我带你找出纳去。"

韦副乡长带二傻到了财会室，把白条拍到了台上，对正捧着水烟筒咕噜咕噜吸烟的人说：

"黄出纳，把这三十块给了人家。"

黄出纳停下吸水烟，痛快应道：

"好哩。"

韦副乡长拍拍二傻的肩，说：

"三十块，少不了你。"

说罢，韦副乡长便出了门。

韦副乡长一走。黄出纳一边仍旧咕噜咕噜吸水烟，一边腾出一只手，拿起白条，又拍了回来。

二傻一惊，可怜巴巴望着黄出纳，不知是啥子意思。黄出纳吐出了最后一口烟，又拿起那张白条，再向二傻面前拍去，说：

"这样的白条多了，一天几个找上门，我是银行呀？哪有这么多钱给！"

二傻又一惊，说："那么说，今天拿不到钱？"

黄出纳一副铁面无私的样子，说："是的哩。"

二傻一肚子火正要冒出来，他突然觉得黄出纳的脸有点熟，二傻努力想了又想，终于想起，他家就在玉里街上，和他老庚是邻居哩。二傻满脸堆笑，说：

"黄出纳，我老庚黄广进和你是邻居哩，我去他家要，见过你哩。"

黄出纳哦一声，说：

"黄广进是我堂哥。"

二傻大喜过望，说：

"哥哩，我家在王家坳，为这三十块钱，我跑三次了，脚杆都跑断了哩。眼下，就等这个钱，买两头猪崽来养，不然，我女儿在县城上高中，下个学期的学费不晓得郎个办哩。"

黄出纳又哦一声，他的目光瞄了一下二傻背上的背篼，说：

"这次来，卖啥子？"

二傻说："烟叶。"

像是有了顿悟，二傻赶紧放下背篼，取出一把金灿灿的烟叶，放到了台上，说：

"哥哩，王家坳产的烟叶，出名哩，你拿一把去抽抽。"

黄出纳拿过烟叶，放到鼻孔下，闻了闻，说：

"真是好烟。"

说了，黄出纳就把拍过去两次的白条拿回去，打开抽屉，把白条放了进去，再拿出三十块钱递给了二傻。

二傻千恩万谢出了门，走了几步，回过头不见了黄出纳，他呸了一口，在心里头骂：

"你妈麻屄，白白给你狗日的敲去了一把烟叶。两块钱哩。"

去到市场，二傻放下背篼，里面的烟叶，一把两块，一下子就卖光了。二傻一转身，买了两头猪崽，他想，千万莫再发猪瘟哟，不然，忆娘上学的费用就没着落了。

三十块讨回来了，猪崽买了，二傻舒了一口气。他背着背篼还没走出市场，听到背后有个女人叫了一声"二傻"。

二傻一听，打了一个哆嗦，他晓得，是他老庚的表哥的老婆叫他，年三十下午，他欠人家的买衣款还没有还哩。

那个女人走到了二傻面前，说：

"二傻，现在是啥子时节了？"

二傻支支吾吾语塞。

那个女人说："五十块钱，不是说过了正月就给吗？都过去两个月了！"

二傻说："过年后忙春种，又急着存钱买猪崽，你晓得的，忆娘在县城上高中，花费大哩，不养两头猪，去哪里搞钱？现在猪崽有了。欠你的两个礼拜一定还。"

那个女人问："说准了？"

二傻肯定道："说准了哩。"

那个女人挥挥手，让二傻走了。

得到解脱，二傻心里一点也高兴不起来。将心比心，韦乡长给他白条，他恼火不恼火，嘴上不说，心里肯定恼火了嘛。他呢，欠人家的钱，说好正月一过就还，眼看清明到了，还不还，人家能不恼火？恼火了，仍然相信他过两个礼拜就还。二傻越想越觉得自己不是人。越想，越觉得两个礼拜后不还钱，就没脸到玉里街上了。郎个还，二傻心里一点谱也没得，四十多块哩，郎个办才好？二傻转回家的路上一直在想"郎个办"，想得头痛。

回到家，早过了吃晌午饭的时间。二傻来回走了几十里的山路，又累又饿。他一下子都不敢歇，把猪崽放进猪栏里了，赶紧煮猪泔，两头猪崽吃得肚子圆滚了，二傻才到菜园扯来了一把红米菜。饭有现成的，煮一碗红米菜汤，下饭就是了。

正煮菜，厢房里突然传来了"咯嗒——咯嗒——"的鸡叫声，一只小母鸡满面红光向他跑来，二傻喜不自禁："妈哩，鸡下蛋了哩！"

年后，二傻用一背篼陈年苞米，换回来了七只刚刚换毛的鸡崽，才过三个月，就下蛋了。二傻抓了一把苞米丢给来向他报喜的小母鸡，然后跑到厢房角落里，从稻草窝里捡起了一个热乎乎的蛋。二傻的口水突然跑到喉咙口打了几个转转。过年后，二傻没吃过一次肉，鸡蛋见都没见过，肚子寡得很，煎这个蛋吃了，念头甫起，又被二傻骂了回去："麻屄的二傻，饿痨鬼！"骂了，二傻就不吞口水了。他想，蛋孵鸡崽，鸡崽大了，卖钱哩。

将蛋放回去，二傻返回火塘边，舀了一碗苞谷捞红苕煮的饭，有滋有味吃起来。

正吃着饭，二傻突然拍后脑勺，去年牛郎中说，有人在豹子山采到箩筐口大的灵芝，一个就卖了五六十块。要是自己也采到一个，啥子问题不解决了？豹子山人迹罕至，最近传说又有豹子出现了，去那里，危险哩。二傻望了望挂在柱子上的铳子枪，心想，爹拿它打过几百斤重的野猪哩，有了它，小小的豹子怕它不成？

二傻一夜都兴奋得睡不沉，反反复复梦到的都是采到了一个囤箩口大的灵芝，箩筐口大一个就卖到了五六十块，囤箩口大的，不卖个百把块呀？

美梦到了日头眼看落山，都还没有成真。二傻泄气了，他坐到一块岩石上，在心里头骂，麻屄的，跑了一整天，卵子大的灵芝也没见着一个，白跑了！

站起来，拍拍屁股，二傻打道回府。突然，一只五彩斑斓的山鸡跳到了二傻跟前。二傻咧嘴笑了，他一边把挎着的铳子枪取下来，一边想，这简直是老天爷对他白跑一天的补偿。

二傻端着铳子枪，蹑手蹑脚向那只山鸡靠去，山鸡探头探脑，走几步，飞几步，总和二傻保持二三十米的距离。这样的距离，二傻没有信心一枪就中。一枪不中，那只山鸡会立刻飞得无影无踪。追逐了几袋烟的工夫，二傻被引进了一道黑魆魆的山沟里，在一棵老得开始落枝丫的青冈树下，那只山鸡扭扭头，望着二傻，不跑不飞了。二傻抬起了枪，一步一步向它靠去。就在二傻马上勾扳机的那一刻，一丝夕阳，透过树叶，落在了老青冈下一朵硕大如伞的灵芝上。灵芝光芒四射，二傻啊呀一声，枪掉到了地上。

那只山鸡扑棱几下翅膀，飞走了。

"春杏哩，你是春杏哩！"二傻在后面喊。

转眼过了两天，又是玉里街赶场。二傻拿灵芝去收购站卖。

赶场天，到收购站卖东西的人特别多，排成了长队。有三个年轻人在人群中晃荡。其中一个二傻认识，人称老三，家住玉里街上。老三游手好闲，不是啥子好东西。另外两个二傻没见过，大概是城里人。和老三在一起的人，也不会是啥子好东西。二傻警惕地向前走了两步，不想搭理他们。老三却贴了过来，亲热地叫了一声"二傻叔"，问：

"卖啥子呢？"

老三笑嘻嘻，二傻不好给他太过难堪，答了一句：

"灵芝哩。"

三个年轻人一听，顿时围了上来。老三说：

"二傻叔，我这两个朋友从百色来，城里人没见过灵芝是啥样子，你给他们看看吧，好不？"

老三一口一个"二傻叔"，蛮懂礼的，二傻心就软了。他放下背篓，打开盖在上面的斗笠，再掀开一个麻包，在背篓底的灵芝露了出来。

三个年轻人瞪大了眼，惊叹的表情一览无遗。他们叽里咕噜讲广话①，广话二傻听不懂，但他们的眼神和举动二傻看懂了。二傻晓得，那朵灵芝值钱哩。啥子没见过灵芝？骗鬼哩。二傻放下麻包，再盖上斗笠，又要把背篓背到背上，老三一手抓紧了背篓口，一手揽着二傻的肩，连扯带推，把二傻带到了一个角落里。

---

① 广话，桂西一带，将广州话，简称广话。

二傻又气又急，脸红脖子粗问道：

"老三，你们要干啥子？"

老三说："二傻叔，你怕啥子？我的朋友看中了你的灵芝，要和你买哩。"

一个城里人说："给你的钱，保证比收购站给你的多。"

另一个城里人说："收购站是论斤收购，我们是论朵收购。这朵大，我们给你五十块，怎样？"

二傻的心咯噔跳了一下，心想，这小子一开口，忆娘的衣裳钱就够还了。不过，二傻一个劲告诫自己，千万莫轻易答应，好价钱还在后头哩。

二傻稳了稳乱跳的心，说：

"你们莫哄鬼，这朵灵芝值多少钱我能不晓得？一百块我都不想卖哩。"

一个城里人说："二傻叔，我们看你是个老实人，我们做生意人，最看重的就是'老实'两个字。这样吧，你一百块都不想卖，那么，我们一百二十块和你要了。"

一百二十块一下子塞了过来，不由得你卖还是不卖了。二傻捏着厚厚一沓钱，喜得合不拢嘴。他原来认为卖个五六十块，就笑死了，现在多出六七十块哩！

这时，收购站的莫伯走了过来，他见到老三急急忙忙往包里塞的那朵灵芝，惊呼道：

"哎哟，黑狮头灵芝！狗日的老三，你老是抢购老子的好货。"

老三丢了一包三个五牌子的香烟给骂骂咧咧的莫伯，话也不说，带着两个城里人嘻嘻哈哈笑着跑了。

莫伯弹出了一支烟，一边往嘴里叼，一边问二傻：

"给了你多少钱？"

二傻答："一百二十块。"

"啥子？"

莫伯烟都顾不得点了，破口骂：

"你妈麻屄的老三，坑人哩！二傻，你真是傻到家了，你晓得那朵灵芝叫啥子吗？叫黑狮头！黑狮头灵芝是灵芝中的极品，不说百年一见，至少也十年难见，你卖到我这里，我给你三百都不止哩，卖到广州更不得了，几千上万都说不定。麻屄哟，老三那狗日的发财了。"

二傻气昏了头，旋即又想，一朵灵芝，抵了买棉袄欠的钱，还剩几十块，也值了。

四

秋收后，冬天说来就来了。一个初冬日头暖暖的日子，二傻田地里的活干完了，该干点啥子副业，二傻一时没有想好。他候①在大门口，一边晒暖暖的日头，一边看路坎脚下村干老成家在起房子。

老成家把茅房拆了，建砖瓦房。王家坳没有黄泥，做不了砖瓦，砖瓦要到二十多里外的者浪村去挑，水泥则要到乡里去买，五大开间的砖瓦房，水泥铺地的天井，得花多少钱？二傻望了望自己好几年没有翻顶了的茅房屋，心想，自己也要盖砖瓦房，得等到哪个猴年马月？不当个村干部，这辈子恐怕就莫做那样的美梦。

想着想着，二傻就做起了美梦。他梦到忆娘考上了大学，毕业后留在城里，他跟过去，住到了高楼里头。楼高哩，伸手出去，摸到白云了哩……

———————————

① 候，桂西方言，这里相当坐的意思。

美梦还没有做完，有人叫"二傻"，就把他叫醒了。二傻醒过来一看，是老成陪着两个乡干部上门来了。又是讨债的来了。二傻伸个懒腰，爱理不理道：

"干啥子？"

老成说："乡文教办杨主任和梁干事来收教舍修缮费和民办教师费，你是二十块钱，交了吧。"

二傻说："不是收了教育费了吗？"

老成说："教育费是教育费，这个费是这个费，两码子事。"

二傻想也不多想，干脆道："老子没得钱，交条卵！"

梁干事大专毕业，刚刚分配下来当乡干部，初生牛犊不怕虎，很恼火道：

"你这个人说话怎么这样粗俗？这个收费是县红头文件规定的，人家都交了，就你没交。"

人家都交了？哄鬼哩。二傻清楚得很，全村三十多户，交了这笔款的不到十户，重复收费嘛，不合理嘛，哪个愿交？二傻瞥了一眼梁干事，心想，这个小子竟敢用教训的口气对老子说话，真他娘的有眼不识泰山。二傻很不友好说：

"啥子粗俗？我们农民就这样粗俗，你咬我鸡巴吃不？"

老成和杨主任晓得二傻的性格，不生气，反倒哈哈笑了起来。那个梁干事，脸红了，又白了，他手指二傻的鼻尖，说：

"不懂教育，农民意识！"

二傻冷笑道："我不懂教育？你狗日的是郎个在乡文教办工作的？难道你不晓得去年玉里乡中考第一是我女儿吗？中考第一的爹不懂教育，这不是怪事了？"

二傻见围观的左邻右舍越来越多，说得越发带劲，他说：

"老子过南宁越柳州，到湖南修枝柳铁路时，你怕是刚刚从你娘麻屄里头钻出来，你晓得不？老子是玉里乡，哦，那时叫玉里公社，第一个坐火车的，那时候，我比你现在这个牛屄样子还牛屄。我再牛屄，也不会去说哪一个人有农民意识。我现在倒是想听听，啥子叫农民意识？"

有人跟起哄说："是啰是啰，你们干部动不动说我们农民意识，今天你狗日的得说清楚，到底我们有啥子农民意识了？"

老成见二傻越说越离谱，杨主任刚才笑，这时脸色也铁青了，赶紧站了出来，劝二傻：

"他叔，你能不能少说一点子？你说你坐过火车，我不止听一百次了，鬼晓得你坐过没有？现在，南昆铁路经过我们县城，哪个想坐一坐，分分钟的事，你就莫再吹了。"

二傻脸红了起来。脸红不是老成对他坐过火车产生怀疑，而是老成竟然敢当众顶撞他！老成算啥子东西？二十年前穷得上公社中学一块多钱的学费也交不起，还是他爹哭丧着脸和他借的。借走五块，变成老虎借猪，到死了也没有说过一个还字。老成公社高中毕业，回来当了个村干部，多少年了，干过几样好事？好事没干几样，倒是整天和上头来的干部吃吃喝喝，村里头的那点子提留金，给他们喝得一分不剩。这狗日的还不晓得搞了啥子名堂，居然盖起了五大开间的砖瓦房。二傻越想越恼火，呸的吐了一口痰，指着老成的额头说：

"你老成也不是个好东西，你莫以为你今天盖了砖瓦房就牛了，告诉你，等有一天我盖小洋楼给你狗日的看。"

老成摊了摊手，一副委屈状道：

"大家听听，大家听听，我老成说他啥子了？他郎个能这样子骂我？"

二傻说："骂你就算便宜你了，等哪天我有空了，查查你们村干部的账，到时候，你才晓得厉害。"

老成仗着几个兄弟个个牛高马大、虎背熊腰，在村里说一

不二，成了一霸。老成晓得二傻有个"李叔"的背景，晓得二
傻爹被政府枪毙的原因，这么多年来，挨了不知多少次二傻的
骂，不敢哼一声，就当没听见。这一回，二傻是往他要命的地
方捅，居然说要查他的账。老成恼羞成怒，他巴掌一拍，一手
叉腰，一手指着二傻，破口大骂：

"王二傻，你不屙泡尿照照自己是啥子麻屄样，你抗交税费
是第一次吗？年年迟交、不交、少交的，你都有份，你晓得这
是犯罪吗？你查我的账？老子还一麻索把你捆了，交到县里，
把你枪毙了哩。"

刚刚闹哄哄的场面，突然静得大家都死了一样。

二傻爹郎个死的？王家坳人心知肚明，上了一点年纪的人，
谁不把它当成一件伤心事？老成说的话，暗指的是啥子意思。
除了傻子呆子，谁听不出？沉默中，有人喊了一句：

"老成，你狗日的说这个话是啥子意思？"

话声刚落，二傻嗖地从屋檐下抽出了一根胳膊粗的柴，高
高举起来，勃然大怒道："老成，今天老子劈死你。"

许多人恼火老成，出了人命，场面更不好收拾。二傻被拦
住了，柴也被夺了下来。

混乱中，杨主任和梁干事啥时候溜了，也没人注意到。

风平浪静过了几天。那天二傻正在做晌午饭，院子大门外
有人喊：

"二傻叔在家不？"

二傻出门一看，喜上眉梢道：

"难怪哩，早上有喜鹊到大门口叫，是韦乡长来了哩。"

二傻不管韦乡长推托，硬是杀了一只鸡。他说过，韦乡长
来，他要杀鸡的，他没有忘，牢牢记着。前几天要被二傻劈死
的老成提来了一塑料桶米酒，说道：

"不喝痛快，不喝过瘾，谁都不准走。"

韦乡长倒满了两碗酒，说：

"二傻叔，我虽然当了个副乡长，但论年纪，我得叫你叔，我敬你，这碗酒干了！"

二傻端起碗，激动万状说：

"韦乡长，你看得起我二傻，就是看得起我们乡下农民，你够朋友，干了！"

喝到后来，二傻和韦副乡长勾肩搭背一起喝。这时，韦副乡长说：

"二傻叔，老侄今天有件事要和你说。"

二傻拍着胸口说："啥子事？你说，叔能做到的不去做，那……那就永远不是朋友了！"

韦副乡长说："我这个副乡长有鸡巴用，一天到晚忙得团团转，干的就是追你们交这个费那个税。唉，这个朋友我当得脸红哩。二傻叔，前几天文教办那几个狗日的对你不恭敬，我代他们给你赔罪……"

二傻一巴掌拍到了韦副乡长的膝盖上，说：

"你莫说了，我晓得，有的费，我不交，村里头的人就跟我学，也不交，我交了，他们也就交了。"

二傻站起来，趔趔趄趄走到里屋，摸出了二十块，回来拍到老成手上，醉眼昏花盯着韦副乡长说：

"看在韦乡长……我……我……我侄儿的分上，这钱我交了。老成你明天告诉大家，就……就说我……我交了。"

韦副乡长在二傻家醉卧了一晚，第二天他返回乡里，径直去文教办，批评杨主任和梁干事，说：

"你们搞农民工作，郎个能硬来？要讲点子方法，晓得不？"

第二章

一

忆娘觉得难熬的日子一天天熬过来了。转眼到了高三，忆娘又觉得日子过得太快了。

那年寒假前，忆娘给爹写信，说还有几个月就高考了，寒假补课，过年那几天才放四天假，就不回家了。信的结尾忆娘说，过年不回家，想爹哩，让爹一个人过年，心疼死了哩。

看到最后几行字，二傻呜呜哭了，在心里头说，忆娘哩，你补课要紧，不回来对哩。你不回来，爹就去看你，你晓得不，爹也想你哩，天天都想，时时都想哩。

二傻又要去县城了。有人掰手指头算了算，二傻最后离开县城，是十八九年前的事了。

二傻忙碌起来，年猪还不到腊月二十五，提前杀了，大半卖了，小半腊了。核桃、饭豆、红苕、鸡，能卖的，差不多都卖了。小木箱里的那一堆票子，他数了又数，觉得忆娘高中最后一个学期的费用是够了。他总觉得还少了一点啥子。想了老半天，想起来了。去年暑假，忆娘回家说起她的同学，说有一个，天天吃"安利"，二傻问"安利"是啥子，忆娘说是营养品，补脑补血的东西。二傻叫忆娘也买来吃，忆娘说，一罐子三百多块，够她两个月的伙食了。吃不起哩。二傻听了难受，忆娘吃不起"安利",是他这个当爹的没用呢。二傻想,这次去县城看忆娘,说啥也得给忆娘买一罐"安利"。

三百多块去哪里找?二傻坐在门槛上想,终于想到了枣红马。枣红马确实是老了,两年前驮得起的东西就比不过他二傻了,还常常闪蹄,一瘸一拐做不了活路,还得照料。一想到要卖掉这匹老马,二傻的心就刺痛,跟着他十多年了,晚上听不着他的响鼻,都睡不舒坦哩。

忆娘来信还说,过年那几天,她到秀云家过。秀云二傻见过,去年暑假,她和忆娘来住了几天,是一个乖巧的城里姑娘,和忆娘好得像亲姐妹。二傻想,忆娘到别人家过年,不带点子东西,郎个说得过去?二傻提了两只项鸡①,取下两条腊肉,再加上十来斤香糯,都装到马驮里。腊月二十六,鸡叫头遍,二傻牵着老马,去县城了。

一两百里的路,二十几年前,二傻背着六七十斤的东西走都不觉得累,现在空手空脚,也累得歇了又歇,直到天全黑了,他才摸进了县城。

二傻找到县中,正是毕业班上晚自习的时候。门卫听二傻说了他女儿的班级,指着一排亮灯的教室说:

"中间那间就是。"

见二傻要牵着马走进去,门卫急忙阻止:

"哎呀,你把马绑一边去。"

二傻说:"不成哩,以前我牵一匹马来县城,就因为绑一边去,挨偷走了哩。"

门卫说:"你绑在树脚下,我帮你看着。"

二傻说:"那也不成,马驮里有东西,我要拿给我女儿哩。"

---

① 项鸡,桂西一带,对没有下过蛋的小母鸡的通俗叫法。

门卫说:"那你莫让马叫,影响晚自习哩。"

二傻一边说"晓得晓得",一边就牵着马走了进去。

站在忆娘的教室窗前,二傻看来看去,终于看到了忆娘。忆娘整个脸差点都埋在了书堆里,一点也没有察觉她爹在窗外正傻傻地看着自己。

有同学看到了二傻,说:

"大家看,外面有个老农民牵着马在找人呢。"

忆娘抬起了头,她看到二傻,呼地站了起来。枣红马看到了小主人,兴奋地扬起头,嘶叫了一声。二傻见马叫,赶紧去抓马笼头,老马激动不已,扬着头还要叫。一个要抓,一个扬着头不让抓,二傻和老马扭成了一团,二傻一脚没有站稳,摔了个四脚朝天,他哎哟哎哟叫唤,半天爬不起来。

教室里嘻嘻、哈哈、咯咯,笑成了一团。

忆娘走到门口,回过身,冷静地说:

"你们笑什么?他是我父亲!"

在同学的眼里,忆娘美丽,气质高雅,不知多少个男同学私底下把她当成了美神。她的父亲怎么会穿着肮脏破烂,满脸皱纹,背驼得厉害呢?

忆娘在同学诧异的目光中,快步走出教室,扶起爹,拍打爹身上的尘土。她泣不成声,叫一声"爹",泪一串串淌了下来。

二傻不晓得忆娘为啥子哭,急忙说:

"咦咦咦,见了爹不高兴呀?看你,哭得爹心都酸酸了哩。"

那晚二傻住在离学校门口不远处,一条小巷的客栈里。

安顿好后,二傻叫主人弄了好几个菜,有爆炒猪肝、清蒸水鱼,等等。他要好好款待女儿,还有陪女儿一起来的几个同学。菜一上桌,忆娘就给爹夹了一块水鱼的大腿,二傻又夹回给了忆娘，马上也给秀云她们夹，一边夹，一边说：

"忆娘一个人远离家到县城来读书，多得你们照顾，我这个当爹的，感激你们哩。"

秀云说："王叔，你不要这样说，要说感激呀，我得感激忆娘，她学习好，给我许多帮助呢。来，王叔，你也吃。"

二傻脸上笑成了一团，说："吃吃吃，你们多吃一点，我刚才吃过了呢。"

忆娘和秀云她们几个叽叽喳喳吃得开心。二傻在一边望着，觉得幸福极了。二傻想，这样的幸福，这一辈子没有碰到过几次呢。

忆娘她们吃饱了，也很晚了。

忆娘出客栈门时，二傻悄悄对她说：

"明天晌午饭也在这里吃，爹有好东西送给你！"

忆娘说："啥子好东西？"

二傻说："明天来，就晓得了。"

忆娘她们出门后，二傻叫店主打来一大海碗饭，把每个菜盘剩下的汤汁都刮到饭里，有滋有味吃得吧哂响。他想，明天拿出"安利"，女儿不晓得得有多高兴哩。

第二天天一亮，二傻就出了门。二十多年过去了，县城变得叫他快认不出了。比如大楼，那时只有一座三层高的百货大楼，现在六七层、八九层的高楼，沿街一座连一座，从街头连到了街尾。以前穿城而过的河，两岸乱七八糟，垃圾成堆，现在被砖石砌得整整齐齐。两排垂柳沿两岸而去，景色迷人。

二傻没有心情去欣赏县城的美景，他更急于把枣红马卖掉，然后去买"安利"。二傻在市场上走了几个来回，主动问了好几个人，要不要买马，人家看了看他的老马，吱都不吱一声，就走了。后来碰到一个老头，老头很热情，看了他的马，说马太老了，干不了活了，卖到屠宰场吧。二傻问，这样一匹老马，卖到屠宰场能卖多少钱，老头也说不准，指了一个方向，说屠宰场在那里，叫他自个问去。

要把枣红马卖到屠宰场去，让人一刀宰了，二傻就想哭，就想把马牵回去养老送终。这样一来，忆娘的"安利"郎个买？家里还养猪、养牛、养鸡，养它们，是等着马上换成钱给忆娘读书，养着这匹老马等着啥子？啥子也等不着哩。二傻横下了心，把老马卖到屠宰场去。

去到屠宰场，一个黑脸中年汉子出来和二傻讨价还价。这个屠夫还没听完二傻的叙述，就从腰袋里抽出了四百块拍到二傻的手上，说：

"这匹马我把它杀了，连骨带肉加下水拿到街上卖，忙个整天，最多也就卖到五百块。我就赚一百块吧。"

二傻说："多给五十吧。"

屠夫说："你不卖就把这四百块还回来，牵你的马走快点。"

这个屠夫一脸的横肉，说话凶巴巴，惹他火了，恐怕人都敢杀。二傻有点子怕，就把马缰绳递了过去，转身走出了屠宰场大门。

走出几步，二傻听到枣红马嘶鸣，他想回头看一看，又怕看到老马的眼睛，就含着两泡泪，头不回，快步走了。

一罐"安利"三百多，二傻眼不眨一眨，就买了下来。想着等下子忆娘见到这罐"安利"的惊喜样，二傻心情就不再太难过了。脚步也轻松了下来。这时离晌午饭还早，他就沿街慢慢走，找一找二十多年前他熟悉的情景。走走，就走到了县委大门口。

以前县委大门口又矮又窄，通辆北京吉普车也差点擦着了边，门楼两边有两棵老榕树，树枝丫连到了一起，大门像有把

大伞遮着，日头再烈，这里也阴凉爽快。现在小门楼拆了，换
成的大门，两辆大卡车并排也能通过。门楼扩建，就把两棵老
榕树砍了。现在两边各蹲一只石狮子，比人还高。石狮瞪眼张
嘴，威严肃穆。二傻的小腿不由得抖了几抖。

二傻想转身离去。这时，他看到了陈师傅。

算起来，陈师傅该有七十岁了。他身板硬朗，红光满面，
一丝笑挂在脸上，像活佛，看不出一点老了的样子。二傻叫：

"陈师傅。"

陈师傅应了一声，走过来，亲热道：

"到县城耍来了？"

二傻说："是哩。"

陈师傅说："到家里坐坐去。"

二傻说："不了不了，等下子还要跟我女儿吃晌午饭。"

陈师傅笑道："你狗日的扯卵蛋，你啥时候来了个女儿？前
几天你那个独崽带你老婆来看病，还是我帮他们找的好医
生哩。"

二傻也笑了，说："陈师傅，你搞错了，你以为我是哪个
了？我是二傻哩。"

陈师傅愣了半天，叫起来：

"哎哟我的妈，你是二傻呀！你看我，你看我，一下认不
出了。"

陈师傅在心里感叹，这个二傻，郎个变得这么老了？不说，
他是认不出来了。

二傻和陈师傅亲亲热热说了半天话。二傻发了一顿牢骚，
说现在乡村干部太狠了，追交费像追债，当农民辛苦死了。陈
师傅心里冒出一丝歉意，当年要不是他嫌二傻变"傻"了，不
会干活了，他也不至于回到王家坳，又去当个农民。不过，那

年他不是说要到地区去找李专员，吃地区的国家粮吗？这样一想，陈师傅就问：

"二傻，你后来干啥子不去找你李叔了？"

二傻说："找了，但他调去别个地区，就不去找了。"

"哎，我告诉你，你李叔现在在区委当副书记哩，找他去！找着他，他说一句话，那帮狗日的还敢上你家门追债吗？要是上，恐怕是送补助的哩。"

"对哩，找李叔去。不光是我一个人的问题，我们那里的农民，谁不屄爹操娘了？今天这个税，明天那个费，谁吃得消？不哄你陈师傅，我二傻有时个把两个月都捞不到一块肉吃，和二三十年前比，差远了。"

陈师傅说："走走，到我家去，我亲自下厨，请你吃肉，管你吃个够。"

二傻说："不了不了，晌午我和我女儿约好一起吃了。随便吃一点，我就马上赶回去了。家里牛的猪的鸡的，托人喂，托久了不好。"

陈师傅遗憾道："二傻，以后你到县城来，找我，把我家当你家，听到不？"

二傻说："听到听到。我走了啊。"

陈师傅说："好好，你走吧。"

望着二傻走去的背影，陈师傅冒出一丝悲悯，觉得二傻可怜极了。陈师傅庆幸，好在自己吃的是国家粮，是城里人，若要是像二傻一样，还在农村，不也和二傻一个样吗？陈师傅自言自语道：

"这个二傻，也真是的，二十多年不来一次县城，来了，也不找找老朋友，把老朋友都忘了。"

二傻在街上又转，转到快晌午了，他在市场买了一条大鲤鱼，割了斤把羊肉，提回小店，叫主人加工。这样只需交主人一点加工费，比在店里点菜要便宜一些。

菜刚弄好，忆娘像只蝴蝶，轻盈地飘了进来。

见到女儿，二傻就把"安利"高高地举了起来，说：

"忆娘，你看清楚了哩，这是啥子？"

看清爹手上的东西是一罐"安利"，忆娘的笑就僵在了脸上，她接过"安利"搂在怀里，两眼蓄满了泪，哽咽道：

"爹，为这罐'安利'你不晓得又受了多少的苦和累。"

二傻说："现在受点苦受点累算啥子？等我女儿考上大学，到城里面工作去了，爹就不再受苦受累了。"

吃过晌午饭，二傻就要启程回家了。出了门，忆娘发觉枣红马不见了，惊诧道：

"爹，马呢？"

二傻说："卖了。"

忆娘一听就急了，说："干啥子卖了嘛！"

二傻说："老了，干不了活路了。"

忆娘说："我回家，没有马叫我了。"

二傻说："你表姑家的马下崽了，爹一回去就去牵来养。"

忆娘说："马卖到哪里了？"

二傻支支吾吾老半天，说："卖到了屠宰场了。"

忆娘哭了，几滴泪打落到了"安利"的盖壳上，她说：

"爹，我们去把'安利'退了。"

二傻说："你说鬼话。吃了它补脑补血，对考大学帮助大哩。"

忆娘想了想，说："不退也成，爹要坐车回去。"

二傻说："你又说鬼话了是不是？坐车爹头晕，口袋有大把钱，爹也不愿坐哩。"

忆娘说："等下子天就黑了，要走明天走。"

二傻说："爹走夜路走惯了，怕啥子。"

忆娘说："不对的，爹是怕多住一晚，又要多交一晚的住宿费。"

二傻说："哎呀，莫再说了，爹要走了。"

忆娘没办法，只能陪着爹走出了县城。二傻几次叫忆娘不要送了，忆娘才停下脚。在忆娘的泪花中，二傻的背影越来越小，最后消失不见了。

忆娘在心里说，爹，你放心，你女儿一定要考上大学。

二

进入高三后，忆娘他们几乎每个月进行一次模拟考试，忆娘稳居文科前三名，最后一次，出题最难，忆娘史无前例获得了第一。隆西中学近十年来，文科班高考升学率均在百分之二十以上，忆娘上大学，简直是三个手指捡田螺，十拿九稳。

然而，忆娘年前晓得爹给自己买一罐"安利"，连枣红马也卖了后，一个念头死死纠缠住了忆娘：考上大学后，为了书学费、生活费，能不把爹累死吗？这个念头愈来愈强烈，整晚出现在忆娘的睡眠中。在高考考场，这个念头，也不时袭来，她发呆，想象爹从豹子山摔下来，一口鲜血从爹的嘴里喷出来的情景。忆娘痛苦得闭上了双眼。监考老师以为忆娘在为题目冥思苦想，他哪里想到，忆娘陷入了一种无法描述的恐惧中。这种恐惧，造成忆娘几分钟，甚至十几分钟，意识进入混乱中。后来各科老师在黑板演绎各题的答案时，忆娘竟想不起自己的答题情况，无法确定自己是否对错。

高考完后最快活的是秀云，她吵吵嚷嚷，今天说去这里玩，明天说去哪里旅游。

忆娘说："我哪里也不能去。"

秀云问："为什么？"

"我的家境你晓得，不要说去玩了，就是万一我考上大学，上大学的费用，我爹都不知道能不能拿出来。我想，趁这几个月空闲，打工挣点钱，减轻我爹的一点负担。"

秀云哦一声，说："旅游局的宾馆刚开业，招服务员，我和你一起去当临时服务员，怎样？"

忆娘喜出望外，连声说好。

就在隆西县城附近，近年来发现了天坑群，规模之大，数量之多，堪称"世界第一"。新开发的布柳河漂流，亦称"中国第一漂"，隆西成了旅游热点，来旅游的人还真不少。

那天中午轮到忆娘值班，清闲时，她翻看《百年孤独》。这本书魔幻，难读懂，忆娘就是喜欢它，第二次阅读它了。忆娘全神贯注，有人来到了服务台前，斜头望了她许久，她也没有觉察到。

来人是西大中文系讲师蒋一凡，他问：

"姑娘，看什么书呢？这么入迷！"

忆娘一惊，倏地站了起来。这位游客忆娘认识，他文质彬彬，对她们服务员开口闭口都说"谢谢"。秀云叽叽喳喳，说以后找老公，就找这样的。这不禁让忆娘多看了他几眼，还记下了他"蒋一凡"的姓名。大概是想到了这些，忆娘的脸微微地红了红，她屏息问道："您有什么需要我帮助的吗？"

蒋一凡笑道："你还没有答我的问题呢。"

忆娘茫然道："啥子问题？"

蒋一凡指指忆娘手上的书说：

"问你什么书呢？"

忆娘"哦"一声，赶紧把书面翻了过来，说：

"《百年孤独》。"

蒋一凡吃了一惊，他推了推眼镜架，不可思议道：

"你能看懂《百年孤独》？"

忆娘心里冒出一股不满，要是蒋一凡是她的同学，她会高谈阔论一番书中的情节，叫他哑口无言。忆娘知道，这一批游客来自西大，她高考第一志愿填的就是西大，说不定他就是中文系的老师，说不定考上了西大，他要教她呢。忆娘不敢造次，谦虚道：

"我在读第二次，有的问题还想请教老师您呢。"

一座偏远的小县城，一个美丽动人的小姑娘，一部聱牙诘屈的《百年孤独》，蒋一凡觉得这三者间似乎难于画等号，又似乎完美融合在了一起。他忽然间对忆娘有"众里寻他千百度，蓦然回首，那人却在灯火阑珊处"的感觉。

蒋一凡取出名片，递给忆娘，说：

"你怎么知道我是老师？"

看着名片，忆娘心怦怦跳了跳，她轻轻吐了一口气，抿嘴一笑，说：

"昨晚领班的部长说，最后到的一批游客绝大部分是西大的老师，就知道了。"

想到秀云对蒋一凡的评头点足，忆娘粲然一笑，她斟词酌句道：

"而且你那模样，我一猜，就是当老师的。"

"是吗？"蒋一凡推推眼镜架，哈哈一笑，转了一个话题，"哎，你这个年纪，现在应该在读大学呀，干吗来当服务员呢？"

忆娘说："刚刚高考完，等通知呢。"

蒋一凡说："趁这几个月空闲，打工攒点学费？"

忆娘说："对。"

蒋一凡说："美国的好多大学生，都是趁假期打工挣学费，富人家子弟也是这样。我们的大学生还不行，以靠父母为荣，你不一样，好样的。"

忆娘说："我还不知道能不能考上大学呢。"

蒋一凡说："我看一定能。报哪家大学了？"

忆娘说："第一志愿是西大的中文系。"

蒋一凡啧啧两声道：

"什么叫缘分，这就叫缘分。哎，告诉我，你叫什么名字，我会第一时间告诉你，你被录取没有。"

忆娘不答，顺手拿过放在案台上的身份证，递给蒋一凡，蒋一凡接过，看着身份证说：

"王忆娘……忆娘，挺特别的名字，你母亲她……"

忆娘说："生我难产死了，我父亲就给我取了这个名。"

蒋一凡轻轻哦了一声，说：

"你快二十一岁了？"

忆娘知道蒋一凡的意思，说：

"农村的孩子读书晚，我们班还有二十二岁了的呢。"

蒋一凡顿了顿，说：

"晚上能请你吃饭吗？"

忆娘愣了愣，踌躇一番，实在说不出拒绝的话。二十一岁，不是小姑娘了，对异性的渴望，突然间萌动了起来。忆娘轻轻点了点头。

忆娘和蒋一凡之间的关系，从这餐晚饭开始了。或者说，从《百年孤独》开始了。

三

八月中旬，忆娘确定没有考上大学。离录取分数线，只差三分。

蒋一凡在电话里告诉忆娘时，忆娘哭了，她说：

"我没脸见我父亲，没脸见我的老师同学了。"

蒋一凡安慰道："你的基础很好，这次落榜，纯属意外，不要紧，补习一年，明年再考。"

"我必须一边工作，一边补习，我不能再让我父亲为我读书，榨干了血汗。"忆娘哽咽道，"你知道吗？我每次看到我父亲掏出钱放到我手上，我就心如刀绞，他……他太苦了。"

蒋一凡说："明天我就到隆西。"

忆娘问："来干啥？"

蒋一凡说："来接你。"

忆娘说："接我？接我去哪里？"

蒋一凡说："西大图书馆要聘一个管理员，馆长是我的好朋友，你会聘上的。在图书馆一边工作，一边补习，最理想。"

到南宁工作?！太突然，忆娘有种不真实，像梦幻的感觉。

第二天傍晚，蒋一凡坐南宁直达隆西的快巴，又一次来到了隆西。见面第一句话，蒋一凡说：

"我要到你的家乡，看看你父亲。"

忆娘说："以后吧，有机会的。"

蒋一凡说："不，就这一次。"

蒋一凡说："你对你父亲的描述，让我脑中常常出现一个中国式伟大的农民形象，我要去拜访他，要亲眼见见他。"

蒋一凡说："你知道吗？我父母亲曾经到这里插队，他们那一代人，虽然有许多的抱怨，但对插队那几年，他们始终是带着充满亲切的口吻去叙说，去怀念，特别是我母亲，我这次来，她叫我一定到农村去走走，让我体验体验隆西农民的纯朴憨厚。"

忆娘心动了，说：

"可是，车只通到乡里，从乡里到我家，还要走十多公里的山路呢。"

"在大学读书时，负重五公斤跑十公里，全系是我第一个到达终点。"蒋一凡指指脚上穿的运动鞋，"你看，我早有了准备，运动鞋都穿来了呢。"

忆娘轻轻点了点头。

在王家坳，姑娘敢带男朋友回家就是姑爷了。忆娘并不很清楚这一点，她说蒋一凡只是她的老师、她的朋友，人们就更加确信，蒋一凡就是她未来的老公，他是王家坳的姑爷了。

忆娘带回的男朋友是南宁的大学老师，这消息比忆娘没有考上大学还引起王家坳的震动。他们一个个跑到二傻家，争看王家坳未来的姑爷，大家都惊叹，忆娘了不得哩，找了一个大学老师做姑爷，到南宁去吃国家粮了哩。

忆娘考不上大学，二傻好一阵痛苦。旋而又想，考上大学的目标是啥子？还不是为了能留在城里工作，做城里人吗？现在，忆娘不但找到了一个城里的工作，还找到一个在城里当大学老师的姑爷，这还有啥子痛苦的？乐都乐不及哩。二傻那双黑乎乎满是老茧、硬得像牛皮的双手，紧紧握着蒋一凡白白净净、细皮嫩肉的双手，幸福的泪花流了下来了。他说：

"忆娘找到你这样的姑爷，我高兴哩。"

忆娘在一旁急了，说：

"爹，看你说啥子，我们不是那个关系哩。"

蒋一凡装傻，问忆娘："姑爷是什么意思？"

旁边有人用蹩脚的普通话插嘴道：

"姑爷就是女婿呀，你是二傻叔的女婿哩。"

一屋子的人都笑了，忆娘满脸通红，就想变个苍蝇，找个缝钻进去。

那天的晚饭，村长老成亲自调度，指挥，杀猪吊狗宰鸡，摆了八桌，全村人都来了。他们大碗喝酒，大块吃肉，划拳猜码，以过年般的礼仪款待蒋一凡。

月挂树梢，露水降落，二傻家的热闹才渐渐沉寂了下来。

二傻喝得头重脚轻，最后一口水烟没吐出来，头一歪，靠在竹椅上就睡着了。忆娘和蒋一凡费了老大的劲，合力将他连拖带扯抬到里屋的床上。二傻一倒到床上，就鼾声如雷。

忆娘冲蒋一凡难堪地笑笑，说：

"只有最开心的时候，我爹才有这样舒畅的鼾声，你不见怪吧？"

蒋一凡说："猫的叫声，鸡的梦呓声，牛的反刍声，马的喷鼻声，猪的拱槽声，夜鸟的啼鸣声，狗的吠声，加上你爹的鼾声，声声如梦如诗。"

忆娘牵了蒋一凡的手，把他引到门外。勾勾月如镶嵌般挂在藏青色的天空间，一忽而遥远，一忽而又似触手可及。淡淡的月影下，浅白的山岚如绸缎般缠绕在山腰间。静谧的夜色下，萤火虫闪闪烁烁，与繁星融成一体。

"童话，简直就是童话。"蒋一凡赞叹，"美啊，太美了！"

忆娘说："躺在这童话里，静静睡去，那是多么美妙的感觉呵。"

"是吗！"蒋一凡说罢，轻轻捧住了忆娘发烫的两腮。

住了三晚，忆娘和蒋一凡要走了。

二傻送他们出到村口。二傻对蒋一凡说：

"忆娘脾气犟，你要让着她哩。"

说罢，二傻对忆娘说：

"到了南宁，就不像在家了，不要由着性子，不然要吃亏哩。"

不等蒋一凡和忆娘答话，二傻又对蒋一凡说：

"有空就经常来耍耍，最好带你爹你娘也来走一转。"

蒋一凡说："会的会的。我父母亲三十年前到过这里插队，他们一直想回来看看呢。"

二傻说："你爹娘来这里当过知青？"

蒋一凡说："是呀，那年南宁成千上万的学生，一下拥到了云贵高原，我父母亲到的就是隆西县。他们现在老了，爱忆旧，特别是我母亲，整天挂在嘴上的就是'我们插队那地方呀'，下次我来，一定带她来，了却她的心愿。"

忆娘和蒋一凡走过了山脚的拐弯，就不见了人影。二傻呆站在那里，不晓得转回去。埋在他心底里二十多年的一个名字慢慢浮现了起来：张华！

二傻想也不敢想，蒋一凡的母亲是张华，南宁女知青多哩，她郎个就会是蒋一凡的母亲呢？

第三章

一

蒋一凡的母亲正是张华。

还没有到那板水库前，张华就和另一个知青点的蒋姓男知青恋上了。张华被抽调到那板水库后，蒋知青还两次走了几百里路，专程到那板水库探望过张华。

蒋知青头一次来，张华拎了两筒挂面，几个鸡蛋，一罐肉罐头跑来找二傻，说她来了同学，要他帮忙加几个菜。蒋知青第二次来，张华一点东西也拿不出，二傻就上山烧了一窝马蜂，蜂蛹炒出来有两大海碗。蒋知青和张华他们几个知青嘻嘻哈哈来吃饭，二傻郎个就一点也没有看出，蒋知青不仅是张华的同学，还是男朋友呢？他郎个会想到，吃了他的蜂蛹后，蒋知青够威够力，在溪边的芦苇丛里，把张华整得呜呼乱叫呢？看在张华的面子上，二傻热情款待了蒋知青两次。蒋知青不要说和他说过一句话，就连正眼也没有看他一下。二傻一点也没有恼火，只要张华高兴，他就啥子也满足了。

从那板水库回去，张华发现怀孕了。张华惊恐不安，惶惶不可终日。恋爱谈了两三年，蒋知青一次也没有得手，到了那板水库，蒋知青走了几百里路来看她，感动了上帝，就让他放倒到了芦苇丛里轻易得手。张华捶胸顿足，把蒋知青骂得狗血淋头。正束手无策，天无绝人之路，新政策来了，张华他们得以返城，分配工作，名正言顺结婚，生下了蒋一凡。

张华厉害，恢复高考第一年就考进了大学，毕业后从纺织厂工人一跃而为机关干部，一路飙升，成了单位处长。蒋知青为照顾还在咿呀学语的儿子，放弃了上大学机会。他不甘示弱，从电大也拿到了一个大专文凭。然后成了国企老总，工资比在机关混的张华高了几倍。他们在那板水库芦苇丛里整出来的儿子不同凡响，考上北大，读完了研究生，一到西大就成了讲师。

一家子人人事业有成，风光体面。等一个出色的儿媳妇过来，就十全十美了。

蒋一凡的女朋友，竟然来自隆西，一个高考没考上的村姑。

张华惊诧不已，痛心疾首道：

"不为家庭想想就算了，你要为你自己想想呀！一个大学讲师，怎么能要一个连大学也考不上的村姑？一个村姑，你怎么拿得出手！"

蒋一凡还没说话，蒋知青先开口了：

"这可不像你说的话，你不是天天想着隆西，想着你插队的下加生产队，想着那板水库那口深潭吗？人家姑娘从隆西出来，你连面也没有见一见，就一口一个村姑，难不难听呀！"

张华说："那是历史，我说的是现实。"

蒋一凡说："妈妈，你什么时候变得只讲现实了?!"

张华噎住了，说不出话。

蒋一凡说："忆娘就像山涧溪水里的一颗卵石，纯洁、美丽，无法用语言去描绘，只能凭心灵的震撼。那个落在大山旮旯里的王家坳，已无法再从我的记忆里抹去。"

"哎哎，那个地方叫什么来着？"

张华打断蒋一凡的话，自言自语道，"这个地名怎么有点耳熟，有谁说过吗？唉，年代久远，有的东西无法再想起来了。"

蒋知青插科打诨道：

"但有的事，你一辈子也忘不了，比如说那板水库那口深潭。"

张华轻轻呸了一口，脸微微红了红。深潭裸洗她和蒋知青说过。二傻偷窥，还有与二傻那段秘密，她不说，谁知道？那是她心底里一段温馨的回忆，二十多年了，那个叫二傻的农村小伙子，仍不时出现在她脑海里。

张华心软了，说：

"明天是礼拜天，带她来家里吃晚饭吧。"

忆娘住房就在图书馆里面。打开门，就是一眼望不到边的书架，书架里整整齐齐一排又一排的书，就是书的海洋。忆娘觉得，自己是一叶小舟，漂在书的海洋里。忆娘如饥似渴，勤奋读书，她并不满足现状，她要上大学！

这天礼拜天，忆娘又打算全天闭门，复习功课。

蒋一凡兴冲冲来了。他不由分说，抓住忆娘就往外拉。

"哎哎哎，你干吗呢？"忆娘摔开蒋一凡的手，说。

蒋一凡说："我妈要你晚上去我们家吃饭。走，买一套好衣服去。"

忆娘愣了愣，说："我还穿拖鞋呢。"

蒋一凡到隆西，说去看她的家乡，看她的父亲，忆娘爽快就答应了。那么，她到了南宁，也应该主动提出去看看他的父母。何况，他的父母曾在隆西插队，当过知青呢？忆娘的要求，蒋一凡犹豫，等了下来。这一等，等了几个月。个中原因，忆娘能不清楚？她早已没有了热情。她站着不动，没有换鞋子的意思。

蒋一凡说："换鞋呀。"

忆娘说："我有衣服，干吗一去你家，就非得去买新衣服呢？"

蒋一凡说："你不了解我那个母亲，挑剔得很。"

忆娘说："她是不是挑剔我是农村人？挑剔我是农村人，那我为什么要去给她挑剔呢？"

真是一针见血，蒋一凡哑了半天，说：

"我母亲没那个意思，是我表错情了。我是想让你打扮一下，更加漂亮，让她吃惊，见识见识隆西出来的美女。"

忆娘不忍心败坏蒋一凡的好心情，舒一口气说：

"那好，晚上我去你家。但衣服不必买新的，我有好的。你先出去一下。"

"你换衣服我在一边怕什么？"

"不嘛，我不习惯。"

忆娘的好衣服，就是她上高中时，二傻给她的那两套的确良、麻涤衣裤。娘舍不得穿，她也舍不得穿，一直把它们压在箱底。到了西大，有了自己的房间，有了衣柜，忆娘才把它们拿出来，熨得平平展展，挂到了衣柜里。熨衣服那天，忆娘穿上，在衣镜前端详，二十多年前的衣服简直就是量着她的体形裁剪的。长短、肥瘦，天衣无缝。至于样式，忆娘想，谁会说过时呢？20 世纪二三十年代的旗袍，今天拿出来，还最时髦呢。挂在衣柜里，忆娘却没有穿过一次。冥冥中，她总觉得该穿上时，自然会穿上。这一天，她等到了。

穿着那套衣服打开门，蒋一凡站在门框边，迈不了步，他诧异，惊喜道：

"你在哪里买的？我怎么没见你穿过？"

"是我爹二十多年前在隆西县百货大楼买的。"忆娘轻轻叹了一口气，"我娘没穿过，我也没穿过，现在穿去你家，不会给你丢脸吧？"

"不可能!"蒋一凡叫起来,"和我年龄差不多一般大,那时候会有这么时尚的衣服?"

蒋一凡把忆娘搂到了怀里,说道:

"忆娘,你太美了,我忽然害怕……"

忆娘抬起头,凝视着蒋一凡的眼,问:

"害怕什么?"

蒋一凡轻柔地吻了吻忆娘的睫毛,说:

"害怕你突然从我怀里飞走!"

忆娘轻轻嘘一声,把头紧紧靠在蒋一凡的胸前,她忽然有种既幸福又难过的感觉。

二

张华见到忆娘,眼前像突然出现了隆西大山里纯净的白云、潺潺的溪流、奔跑的山鸡、牛背上的牧童、少女吹竹叶声、田坎垴上汉子粗犷的吼声。那板水库的深潭,酸枣树,黑妞,二傻打电筒画圈,亦像电影,一幕一幕重现。

张华拉住忆娘的双手,双眼闪着泪花,说:

"忆娘,你怎么不早点来看张姨?张姨想隆西呵,一见你,多少往事被勾忆了起来。这个一凡,真是的,从隆西回来就整天忆娘来忆娘去,直到今天才说请你来。忆娘啊,你的身世一凡都说了。可怜啊,一出生就没娘了,今后我就是你娘,这里就是你家!"

张华一番感人的话没有打动忆娘,她甚至感到有点做作。她克制住情绪,冷静道:

"张阿姨,你那么怀念隆西,等你哪天休假,我陪你,到隆西走一走。"

"好，好！"张华拍着忆娘手背，"阿姨今天下厨，给你弄好吃的。"

趁张华一个人在厨房里忙，蒋一凡进去悄声问：

"妈，怎么样？"

张华说："相貌、身段无可挑剔。哎呀，怪了，她那一身衣服，到现在有二三十年了吧，还那么新。"

蒋一凡惊奇道：

"你怎么一眼就看出那套衣服有二三十年了？"

张华说："你妈插队时，那种布料、款式是最时髦的。哎呀，真的怪了，二三十年过去，忆娘穿起来，一点也不感到过时。"

蒋一凡说："我奶奶送你的那件旗袍，六十年了呢，你不是说，还是最时髦的吗？忆娘的那套衣服，是她母亲留下的，她说，她母亲没有穿过一次呢。"

蒋一凡继续说："忆娘说，她母亲是个聋哑人，还傻。她父亲才是个有本事的人，吃过几年国家粮呢。"

张华哦一声，转了一个话题：

"要忆娘好好复习，明年一定要考上大学，不然进了我们家，还是拿不出手。"

蒋一凡说："妈，你的门第观念太重，陈腐！"

张华说："你爸是国有大企业老总，你妈是国家机关处长，你马上就是大学教授，媳妇是一个没上过大学的村姑，说不过去。"

蒋一凡点头认同，说：

"忆娘考大学易如反掌。"

张华说："说得好听，那今年呢，为什么就考不上？"

蒋一凡说："按忆娘的说法，是心理上出了一点问题。现在这种心理负担没有了，正常复习下去，明年我敢保证，她考得上。"

翻过年，时间到了六月。

那天周末，忆娘随蒋一凡到家里吃了晚饭后，急匆匆要赶回学校。

忆娘还没出门，被张华叫住了。

张华目光在忆娘的肚子上扫了又扫，神态严肃道：

"忆娘，你到我书房来一下。"

忆娘看看自己的肚子，一脸茫然跟在张华后面进了书房。

张华掩了门，直截了当说：

"忆娘，你怀孕几个月了？"

忆娘脸腾地红起来，小声争辩道：

"我怎么可能怀孕了呢？"

张华在心里笑了笑，不要说忆娘这代人了，她这代不照样未婚先孕？张华抚了抚忆娘的肩，说：

"忆娘，你还争辩什么？我是过来人，还能看不出吗？"

忆娘的脸由红变白，惊慌失措道：

"张阿姨，我……我真的怀孕了？"

张华埋怨道："你们两个也真是的，这种事不注意一点怎么行？你看，未婚先孕，麻烦事不就来了？"

晚上张华把忆娘怀孕了的事和蒋知青说了，蒋知青说：

"这叫上梁不正下梁歪。"

张华扑哧一笑，说：

"有道理，这个一凡，和他老子一样，没点规矩。"

过了礼拜天，张华带忆娘到妇幼医院。医院院长是张华的同学，她指定了一个妇科专家给忆娘做检查。

一检查，妇科专家说是双胞胎男孩，都五个月了。

张华又惊又喜。

来医院之前，张华一家子包括忆娘的意见，是做人流。现在情况不同，胎儿已成人形，动手术不叫人流，叫引产。引产将严重伤害忆娘的身体。蒋一凡的爷爷奶奶退休后到市郊的老家养老，听到消息，连忙赶来。蒋爷爷当过兵，脾气躁，声称谁敢打掉这对孩子，就和谁拼老命。全家人一改初衷，全都声称要孩子。

忆娘想得多一些，未婚先孕啦，大学梦破灭啦，二十二岁就生孩子啦，今后孩子户口问题啦，等等。转而又想，这些算啥子？比得上在她肚子里孕育的两个生命消失大吗？原来妊娠没有任何反应，现在，一下子跨到了能感觉到那俩兄弟在她肚里踢蹬。每踢蹬一下，她都惊喜一下，她的母性、母爱已容不得她失去这两个生命。

蒋一凡和忆娘办理了结婚登记。天高气爽的十月，忆娘生下了白白胖胖的一对男婴。

三

二傻大病了一场，差点要了他的老命。

那场病来得也真怪。忆娘和蒋一凡走后一个多月，二傻收到忆娘的信，还有两百块钱汇款。忆娘信上说，她有工资收入了，以后每个月都给爹寄两百元。说她有很好的复习环境，明年一定考上大学，还说蒋一凡对她很好，等等。

二傻拿着忆娘的信，满村子游荡，逢人就说。片刻工夫，家喻户晓。那天晚上，二傻弄了两大桌，把村里有点子头面的人都请来了。喝酒喝到了鸡叫头遍，帮忙收拾碗筷的二婶娘还没走，二傻倒到一边，就下不了床了。

牛郎中赶来，号脉后说：

"平时不得病，一病得大病，二傻是积劳成疾，一旦紧绷的神经松弛下来，这病就来了。"

二傻折腾了两三个月，病才好利索。

病好了，人瘦成了皮包骨，五十几岁的人，一下子像六七十岁，躬腰驼背，走路蹒跚，干不得重活路了。

见有人说同情的话，二傻就说：

"干不得重活路怕啥子？有忆娘哩。"

桃李花怒放时，忆娘结婚了的信到了。跟着信还有一大包喜糖。乡邮员是老六的儿子，二傻叫他帮忙，当场把包裹打开了。咿呀，这一大包喜糖稀罕哩，王家坳人有几个人见过？更不用说吃了。一村的人每人都分到了几块，嚼糖声响成一片，香飘王家坳上空，久久都没有散去。

到了秋天，更大的喜讯又降临了：忆娘生了一对带把的双胞胎！忆娘信上说蒋道比蒋遥早生了一分钟，便成了哥。哥俩太像了，她还常常分不出哪个是哥，哪个是弟呢。二傻拿着双胞胎的相片左看右看，骂道："麻屄的，还是娘哩，郎个看不出，老子就看出了。"人家问他，谁是哥谁是弟呢，他嘿嘿一笑，说："老子这坎子又分不出了。"欢喜之情不胜言表。信的结尾，忆娘叫二傻春节去看他的外孙。蒋一凡附言，说等他们有了自己的房子，就请二傻去跟他们住在一起了。

二傻乐癫了。王家坳人说，二傻熬到头了，苦尽甘来了。

那段时间，人们一碰见二傻就问：

"啥子时候去南宁看你那两个外孙？"

二傻说："莫忙莫忙，到了腊月才去。"

有人说："南昆铁路早几年就通了，这一回，你又坐火车了。"

二傻说："是哩是哩，上一回坐火车到现在，快三十年了，再不坐一回，那个感觉都忘了哩。"

说了这话，二傻偷偷脸红，心想，这一回一定坐回火车了，不然，那个谎话说了差不多三十年，都不好意思再说了。

想到这个谎话，二傻便想到了李叔，一过就三十年，李叔是个啥子样子了？还认得出他二傻吗？他在区里头当大官，这一回去南宁，能见着他吗？

田地的收了，树上的摘了，肥嘟嘟的年猪杀了。

腊月里，二傻准备了两麻包的东西，从腊肉到土鸡蛋，从饭豆到旱糯，王家坳能生产的东西，二傻差不多都包了一包，他要让他那两个宝贝外孙崽，未谋面的亲家，以及忆娘和女婿他们，好好品尝大山里头不用激素生产出来的东西。二傻听人说，城里人吃的东西，有个叫啥子"公害"的东西，忆娘的来信，好几次就说到了这东西，叫苦连天，说吃的东西一点味道也没有。

腊月十八，二傻从箱底翻出了三十年前李叔送他的军大衣，穿上又暖和又威风，到南宁去，也不会丢脸。他吆喝一声，上路了，去南宁过年了。

二傻的一个堂侄崽送二傻。堂侄崽在深圳当兵，复员后留在深圳打工，"公害"这样的名词，就是从他嘴里最先说出来的。他从深圳回来过年，晓得二傻要出远门去南宁，自告奋勇，说一定要把二傻叔送到县里，送上直达南宁的大巴，他才放得下心。堂侄崽说："不然，这两麻包东西在二傻叔眼皮底下飞走了，怕是二傻叔都不晓得哩。"

"不用你送。"二傻假装生气道，"老子坐火车时，你还不晓得在哪里哩。"

说归说，有个堂侄崽送，一路到县城，二傻轻松多了。

先到了乡里，从马驮里卸下麻包来，马交给闻讯赶来送二傻的老庚暂管。再坐车到县车站。县车站直达南宁的夜班车还没有开，堂侄崽赶紧爬上乡里来的车顶，卸下了两麻包东西，转而塞到另一辆车的肚子里头。这辆到南宁的班车，漂亮，高大，比乡里到县城的那辆豪华不知多少，二傻绕着这辆车转了几转，啧啧着在心头直赞叹。

转了几转，二傻找个角落蹲下来，划着了火柴还没有点到旱烟嘴上，一个手臂戴着红袖章的治安员跑了过来，凶巴巴吼：

"你狗日的吃了豹子胆，敢在这里点火？你看你脑壳上写的啥子字？"

二傻站起来扭头一看，门边的墙上用油漆写了"油库重地，严防烟火"几个字。二傻赶紧把火柴甩灭了，说：

"老弟，对不起哩。"

治安员说："现在说对不起轻松得很，等下起了火，对不起还管鸡巴用，捉你去坐牢都便宜了你。"

二傻不舒服了，说：

"这不是还没成着火吗？你凶啥子鸡巴嘛。"

治安员咦一声，骂道：

"你妈麻屄的，你狗日的一点规矩不懂，你是不是想挨罚款？走走走，到候车室去，这里不是你待的地方。"

二傻火了，也骂道：

"你妈麻屄的才不懂规矩，老子坐火车时，你狗日的还没从你娘麻屄里钻出来，哼，轮到你来教训我。"

治安员真火了，他拿出一沓发票，高声说：

"罚款，今天不罚你狗日的，老子跟你姓了。"

二傻郎个会给你罚款？两人正互相指着鼻子骂，堂侄崽拿着车票跑了过来。他五大三粗，在部队里练得一身蛮力，两个指头可以做三十个俯卧撑，这样的人怕你个小治安崽不成？他一推，那个治安员便被推得摔了一个屁蹲。治安员跳起来刚要骂娘，堂侄崽说：

"你狗日的也不睁眼看清楚，我叔爷在区里头当书记，一句话就整死你。"

治安员被镇住，正揣摸这句话的真实性，堂侄崽拉起二傻就走，说：

"还有几分钟就开车了，你还在这里和这狗日的斗啥子嘴？你快上车，我等下子给忆娘姐打电话，叫她明早到车站接你。"

四

忆娘一见到二傻，泪水顿时夺眶而出。她搂着爹的手胳膊，哽咽道：

"爹，才一年多不见，你郎个就瘦成了这个样？"

蒋一凡也说："去年夏天的时候，您老人家腰板还硬朗得很呢？怎么……"

忆娘用普通话对蒋一凡说：

"我爸才过五十岁，怎么就老成了这个样子？我爸一定是得了什么病！"

说罢，忆娘又用家乡话对二傻说：

"爹，你得了啥子病嘛？郎个不和忆娘说一下哩。"

二傻说："爹身体好好的，你们郎个一见面就说爹得病了？爹是瘦了一点，瘦一点不好吗？不是有一句话叫啥子金钱难买老来瘦吗？"

忆娘说："爹都瘦成皮包骨了，叫忆娘见着，心痛死了哩。"

二傻说："这一回来，爹要天天吃好的，养得白白胖胖像头年猪，忆娘就不心痛死了是不？"

忆娘破涕而笑。她见两麻包沉甸甸的东西，问：

"是啥子嘛？这么多，爹累老火①了哩。"

"你堂弟胜品从村里一直送我到县车站，一路上都是他摆弄，我有啥子累老火的？"二傻指指麻包说，"饭豆、红苕、板栗、核桃啥子都有，都是你爱吃的，我那两个外孙崽，不晓得吃得惯不。"

蒋一凡接话说：

"吃得惯吃得惯，只是这些东西超市里都有卖，您老这么大老远拿来，受累了。"

忆娘说："超市的那些东西是什么东西？激素种出来的，有公害。"

二傻说："对对，有公害，不好吃。爹拿来的这些呀，原汁原味，保证你们吃了还想吃。哎呀，莫说这么多了，爹想两个外孙崽了，快回家吧。"

家在东湖畔，一座三十多层的高楼。还在楼底，二傻的心就怦怦乱跳起来。

这楼都快伸到白云里头去了，望不到顶，多看了，这楼像马上要塌了下来。二傻突然想到他曾做过的"美梦"，就跟眼前的景物一模一样。二傻慌慌张张进了电梯，刚一下子，他觉得耳朵发胀，痛得要命，他捂耳朵叫：

"我的耳朵。"

忆娘忍不住笑，说：

① 累老火，相当累，累坏了。

"爹，你马上吞一口口水。"

二傻一吞，又叫：

"郎个马上不痛了，怪了怪了。"

忆娘说："城里怪事多，以后你就晓得了。"

电梯在三十六楼停下，二傻出电梯，伸头看了看窗下，人像蚂蚁小，忍不住又叫"妈哩"，说：

"我们进到云里头了，跌下去郎个办。"

蒋一凡说："跌不下去，住几天就习惯了。"

忆娘开了门，说："爹，进去。"

忆娘和蒋一凡转身去电梯里拖麻包时，二傻听到两个外孙崽约好似的一齐嗷嗷叫，二傻呵呵笑，直奔摇篮，一边说"逍遥逍遥，外公看你们来了"，一边张开皱巴巴长满老茧的手就要抱外孙崽。

保姆是退休的护士长，有洁癖，见到一个这么龌龊龌龊的老头要抱逍遥，急得从厨房跑出来叫：

"你要干什么？住手！"

二傻不相信，他抱自己的外孙崽，会被人叫"住手"，他像没有听见，伸手就抱起了一个外孙崽，保姆气急败坏冲过来，夺了过去，又叫：

"你这个乡巴佬，到人家家不知道讲点规矩？你这么脏就抱孩子，不怕把病菌传给孩子吗？你看你，进家也不脱鞋，地板都给你踩脏完了！"

二傻转头一看，傻了眼，从门口一路过来，照着了人影的木地板上，一连串是他鞋底黑灰灰的印子。

"这……这……"二傻直搓双手，语无伦次，不知说什么好。

这时，忆娘站到了门口，气坏了，大声说：

"你怎么这样说话？他是我爸！"

"哦，是逍遥的外公呀，那你快洗澡换衣去，然后让你抱个够。"保姆仍不肯二傻抱孩子，只是语气缓和了许多。

保姆是张华请来专职带逍遥的，她尽职尽责，把兄弟俩服侍得没病没痛，一个劲圆溜溜长。忆娘自然是敬重有加。她叫二傻把鞋脱了，快去卫生间。

二傻被蒋一凡请到沙发上坐好后，一边踩鞋帮脱鞋，一边说：

"以前到李叔家，脱啥子鞋？进就进去了。"

保姆问忆娘："李叔是谁？"

忆娘说："以前在我们那里当公社书记，后来……"

保姆一撇嘴，打断了忆娘的话：

"大不了是个农民头。"

保姆还想说什么，突然用力吸了几下鼻子，紧张地大叫起来：

"不好不好，煤管漏气了！"

蒋一凡也用力吸了几下鼻子，说：

"不是煤气味，应该是别的什么毒气味。"

二傻站起来，惊慌失措说：

"毒气？是不是日本鬼子留下来的？我听说日本人投降时埋了很多毒气弹在中国，现在还经常毒死我们的人，我们要不要快点逃跑？"

忆娘这时也闻到了所谓的"煤气"和"毒气"，她哭笑不得，尴尬万分说：

"爹，是你的脚臭呢。"

二傻望着脚板翕动几下鼻翼，说：

"果然果然，果然是这双脚臭哩。哎呀，莫把我的两个宝贝外孙崽熏坏了哩。"

保姆一边跑去开窗，一边大声说：

"快去洗快去洗，把人都臭昏了。"

忆娘把二傻引到了卫生间，说：

"爹，你这一身确实太脏了，也旧得很，忆娘给你买了几套新的，这些破旧的就丢了吧。尼龙袜特别臭，以后就不要再穿了。"

二傻眼一瞪，说：

"你忘本了是不是？我这身再破旧，在王家坳也还是好的，特别是这件军大衣，李叔送的哩，三十年了，王家坳有几个人有得穿？"

忆娘说："好好，不丢不丢，洗干净了留起来。但说好了，在这里住，得穿我给你买的。"

二傻说："那当然，女儿给爹买的衣服不穿，那才笨卵哩。"

忆娘说："爹，到了城里来，到了一凡家，粗口话就莫要讲了，好不？"

二傻说："我家忆娘到城里来，学文明了哩，不愿听家乡的粗口话了哩。好好，爹不讲了，留回王家坳才讲。哎哟，麻屄的，这个水郎个这么烫哩。"

忆娘把水温调低，苦笑道：

"你看你看，又说了是不是？"

二傻嘿嘿笑几声，说：

"保证不讲了。"

傍晚，蒋知青先回来。蒋知青早已不是那年跑几百里地，到那板水库探望张华的那个样。那时他尖嘴猴腮，像猴。现在下巴有两层赘肉，像如来佛。他嗓门响亮，一进门，就热情地喊：

"亲家呢？我的那个隆西亲家呢？"

二傻穿高领浅色毛衣，黑运动便裤。他清清爽爽，一手抱逍，一手抱遥，在沙发上逗乐。

听到喊，二傻慌忙把逍遥递给了忆娘，搓着双手，嘿嘿笑着站了起来。

二傻一点也没有看出，他的亲家就是狂追张华到那板水库的那个南宁知青。蒋知青也实在不能将二傻和那板水库那个炊事员联系得起来。

两个亲家紧握的手松开后，蒋知青把二傻扶到沙发上坐下，然后，他高谈阔论隆西的天文地理、风俗习惯，像二傻不是隆西人，他才是一样。二傻成了听客，久不久应和"是哩是哩"或"那是那是"。

不多时，张华也回来了。

张华穿一套藏青色薄尼套装，梳发髻，化淡妆。几乎没有皱纹的脸上，白皙透红。过五十岁的人了，似四十出头。体态、线条，仍然迷人。

张华一进门，就说：

"逍遥逍遥，奶奶一天不见你们了，想死了呢。"

蒋知青说：

"你就知道逍遥逍遥，你看看，这是谁？亲家来了呢。"

张华一边换拖鞋，一边说：

"亲家来了我能不知道吗？昨晚还是我接的电话呢。欢迎欢迎，隆西，我第二个故乡来的亲家。"

二傻一眼就认出了张华。他惊喜，惊慌，羞涩难堪，结结巴巴，不晓得该叫"张华"还是叫"亲家母"，他哆嗦着："张……张……张"半天说不出"华"字。

张华的心猛地咯噔了一下，难道他是二傻？对，他正是二傻！深潭，黑妞狂吠，煤油灯下，小饭桌，压上去嘎嘎响的木板床，香喷喷的鱼虾或竹鼠肉，零乱地在她眼前闪过。她突然想，那晚上如果二傻蛮横一些，她是否就依顺了呢？三十年了吧，恍如隔世，又昨日般清晰。可是，眼前这个干枯黑瘦、躬腰驼背的乡下农民，会是几乎让她动了芳心，对她言听计从的二傻？张华迟疑，失了方寸，竟一时不知说什么好。

蒋知青疑惑道：

"你们认识？"

张华猛地回过神，哦哦两声，瞟了二傻一眼说：

"不认识！不过，他太像我插队那儿一个叫祖传的人了。不过也难说，隆西那么小个地方，见过一两次面，也是难说的。亲家，你说对吧？"

那种目光，那种语气，二傻哪里还敢说你就是张华？二傻不傻哩。

蒋知青说："我刚才回来，一见亲家也有似曾相识的感觉。哎呀，管它见不见过面，反正都是亲家了。上菜，开茅台。"

妈哩，碰鬼了哩！这么说，这个亲家爷就是追张华追到那板水库的蒋知青？当年煮了多少次饭给他吃？他居然认不出他了。不过，自己不是也认不出他了吗？二傻想，好彩都不认识了，不然，郎个处①得下去哟。

二傻的心思张华一清二楚。她松了一口气，警报暂时解除了。张华又想，然后呢？这两个男人若是天天在一起，一来二去，越说越近，等说到了那板水库，还能不认出来？从那板水库回来，蒋知青偷看了张华的日记，晓得张华和那个炊事员之

---

① 处，桂西方言里，当动词用：相处。

间有"偷窥"的故事。今天他们之间成了这种关系，岂不让人难堪？张华决定，不能让身边有颗定时炸弹。

第二天上班，张华对二傻说：

"亲家，你在家也闷，我带你出去走走。"

忆娘急忙阻止道：

"妈，你上班忙，我和一凡都放假了，等下带他出去走走就行了。"

张华说："亲家是我第二个故乡来的，我能不尽地主之谊吗？走走，跟我走。"

张华不由分说，拉二傻出了门。

进电梯，出电梯，在一条林荫小路上，张华和二傻并排走到了一起，她说：

"二傻，几十年来，想过我吗？"

二傻点点头，又摇摇头。他想说，他去她插队的地方找过她，旋即又否定了这个想法。说了，丢脸哩。

张华叹了一口气，说：

"一想到那板水库，我就想到你。唉，我们都成老鬼了。"

二傻说："我成老鬼了，你没有成。"

张华微微一笑，说：

"是吗？"

二傻说："是哩！"

张华心里涌出了一股暖流。她想到，在那艰苦岁月里，二傻对她的关照，还有那种说不清道不明的感情。神差鬼使，张华忽然伸手，轻轻揽住了二傻的腰。

路边有几个打太极拳的老太老头。有个老头高声问：

"张处长，你爸爸看你来了吗？哎呀，看你们那个亲热，羡慕死人了。"

“瞎说。”张华嗔道，“他是我插队时的东家。”

二傻诧异，他郎个成了张华的插队东家!? 连亲家都不愿说吗？二傻忽然难过，为自己，还为忆娘。他吐了一口气，对张华说：

“张华，你莫这样，我不习惯哩。”

“这里是城市，和王家坳不同。”

张华笑笑，收回了手。她掏出一沓钱，放进了二傻的衣袋里，又说：

“这是五千块，等下我叫司机带你逛街，你想买什么，想吃什么，尽管去买去吃。”

二傻掏出钱，递回去，说：

“刚刚来，时间多的是。而且，你们不一起吃，我吃啥子都不会吃得香。”

张华把钱推回去，说：

“有的事我不好解释，二傻，你得回隆西去!”

二傻拿钱的手僵硬了，好一阵子，他才慢慢把钱放回了口袋里，说：

“我晓得了。”

五

住了三晚，那晚吃过晚饭，二傻突然说：

“我明天要回去了。”

忆娘吃惊道：“爹，马上就过年了，你要回哪里？”

二傻说：“回王家坳哩。”

一饭桌的人，全都哦一声，瞪大了眼。

张华说：“为什么？”

二傻说："住不惯，我不敢去阳台，不敢靠窗，不然就头昏得老火①。"

蒋一凡说："这是恐高症。爸，这样吧，您住到我学校的单身公寓去，那里是三层，就不会头昏了。"

忆娘说："明年一凡就可以在学校分房子了，人人都争要高层，我们就要一二层的，为爸着想。一凡，好不好？"

蒋一凡说："好好。"

二傻说："怕高是一回事，家里的牛要下崽了，又是一回事。"

忆娘说："爹你骗人，你不是说家里的牛都卖了吗？"

二傻说："爹是怕你担心爹累着了，才哄你的哩。其实呀，家里还有一头母牛，就是这几天要下崽了，爹交给三叔他们看，不放心哩，天天晚上都梦见小牛下不来，死了哩，不回去，爹睡不成了哩。"

张华哦一声，说：

"这种心情我能理解。这样吧，亲家，等明年一凡他们分到楼层低的房子了，你再来过年，不，就来这里长久住了。现在呢，你硬要回去，就回去吧。一凡，明天好好准备一批年货，后天叫你爸……"

蒋知青说："你不说我也知道，叫我派车是不是？好，我派车。亲家，后天坐小车，一家伙送你回到玉里乡。"

"不，不不！"二傻不容置辩，"我要坐火车回去。"

蒋知青说："在隆西站停的火车从广州始发，快过年了，农民工多，能挤死人呢。"

二傻掏出一张火车票，说：

---

① 老火，桂西方言，这里是相当厉害的意思。

"今天我去逛街，逛到火车站，车票都买好了。"

蒋知青拿过来一看，说：

"哎呀，还是没有座号的站票，不行不行。一凡，你明天拿去退了。"

二傻一把夺过了火车票，脸红脖子粗道：

"我一定要坐火车回去！"

"就让我爹坐火车回去吧。"忆娘叹一口气，"说来大家不要见笑，三十年前，我爹参加了枝柳铁路建设，铁路建好了，没有坐过一次火车，回去怕乡亲们笑话，就吹牛说坐火车回来的。这个牛，一吹就吹了三十年，这一次，我爹怕是赖死也要坐火车回去了，不然，他还得继续吹牛。"

二傻说："还是女儿了解我。"

火车是第二天晚上十一点，还有很充裕的时间给二傻准备东西回去。

第二天中午，张华送回来大包小包一大堆吃的年货。吃过午饭，张华临出门时说：

"亲家，晚上我和老蒋都有重要应酬，不能陪你吃饭，也不能送你。唉，真不愿你走，一起过年，多热闹哇。明年把牛马都卖了，来我们这里过年，好不？"

二傻心想，就是你狗日的叫我住几天后就走的，不然，老子郎个不愿跟女儿跟逍遥过一个年呢？二傻心里骂，脸上赔笑道：

"好哩，明年来，明年来。"

收拾行李时，二傻见忆娘把一件西服也往袋子里装，就说："穿这号子的衣服郎个干活路？留下来留下来。我回去，还是穿来时穿的。"

忆娘不依，说：

"你又不是时时干活路，休息时，串门时，过年过节时，郎个穿不得？"

二傻说："那就把你们买给我的全都带走了。"

"那也没有必要。"忆娘说，"明年我们一分到房子，你就来和我们住了，免得到时又带来。"

二傻说："那就不带吧，反正以前你和一凡给爹寄的，穿到死都穿不完。"

忆娘说："爹，你郎个这样婆婆妈妈？你就听忆娘的行不行？"

二傻叹了一口气，莫名其妙说了一句：

"这些衣服太高级了，爹没有福气去穿它们哩。"

"爹，你看你，又说不吉利的话了。"忆娘嗔道。

临出门，二傻一手抱道，一手抱遥，久久不愿松手。最后，他一个给了一个红包，说：

"逍哎，遥哎，外公走了哩，这一走，不晓得还见不见着你们哩，你们长大了，见着外公和你们照的相了，会不会说，呀，这个人就是外公呀，郎个这样又老又丑哩。"

忆娘在一边听了，泪就流了出来，她说：

"爹，你莫说这样的话好不？忆娘听了难受。"

二傻说："好好好，不说。"

十点多到了火车站。

火车站里里外外人山人海，二傻跟忆娘和蒋一凡拼命挤，挤进了月台上。

南宁上这趟火车的人不多，火车里的人多。不是一般多，也不是非常多，而是多得人贴着人，想挪一步都困难。蒋一凡费了九牛二虎的劲，才扯着二傻钻进了车里的人缝里，把事先拿来的一张塑料小椅插到了地上，他叫二傻坐好后，说：

"爸，我问了，这趟车到隆西是早上五点多，到时你记得下车。行李是两包，我已经请列车员到时帮你提下车。我下去了呵。"

二傻站起来，紧紧握蒋一凡的手，不知为啥子，他突然想哭，哽咽了一下，他说：

"姑爷哩，忆娘一出生就没娘，可怜哩，你要好好待她，莫让她受委屈了哩。"

蒋一凡点头道："您放心，忆娘在我们家不会受一点委屈！"

"这就好哩。"

说罢，二傻用力推，把蒋一凡从人堆里推下了车。二傻转身刚想坐下，小椅子不见了，二傻喊：

"麻屄的，我的凳哩？哪个狗日的把我的凳拿走了？"

没有人理二傻。人群挤了又挤后，二傻连坐下去都不可能了，他被人像夹饼一样夹着，动弹都困难。麻屄哟，原来坐火车是这么一回事呀？晓得是这么一回事，坐火车有啥子麻屄好吹的？二傻想，不过，既然牛屄都吹了，这个火车就得真要坐一次。唉，不叫坐，叫站才对。

正想着，二傻突然感到脸上贴着一团热乎乎的东西，他硬撑开，一看，原来是个高大的妇女紧贴着他，硕大的奶正好顶在他脸上。妈哩，羞死人了哩。二傻拼老命转过身，身后也是一个妇女。这个妇女怀里抱着一个几个月大的娃崽，娃崽正露出个小鸡鸡，一泡尿像射水枪一样，射到了二傻的胸膛上。

二傻正想骂，那个妇女说：

"他爷，对不起，没得办法了哩。"

"没事，没事。"

二傻说罢，突然屎紧，马上要拉出来了。二傻憋，憋得脸色铁青，忍不住大叫起来：

"列车员列车员，麻屎哟，我这泡屎马上要屙出来了哩，郎个办哩。"

周围的人哄堂大笑。不远处也被挤得动弹不了的列车员没有笑，她冷静道：

"大爷，火车停站时厕所不开门，如果你实在憋不住了，站台边上有厕所，你看，就在那里，你快去快回，还有五六分钟，火车就要开了。"

二傻一边挤出去，一边说：

"姑娘哩，你叫火车等一等我，我马上去，马上回来。"

二傻被"夹肉饼"，忆娘在车窗外看得清清楚楚，她急得直跺脚，对蒋一凡说：

"你快去把爸拉下来，不然这样挤五六个小时，爸会被挤死的。"

蒋一凡说："你看你看，爸自己挤下来了。"

二傻挤下车，弯腰抱着肚子，来不及和忆娘、蒋一凡说一句话，就向厕所跑去。

忆娘说："一凡，快去把行李拿下来。"

蒋一凡挤上车将行李一拿下来，火车就启动了。

忆娘松了一口气，说：

"爸上了厕所，出来跟我们回家。"

这时，二傻提着裤头从厕所慌里慌张跑出来，他高声叫着"等等我"，径直向火车追去。火车越来越快，哐当哐当声像滚雷，越响越大。在人们的尖叫声中，二傻要抓住火车，一头撞上去。他像个装稻草的麻包，轻飘飘飞起来，又轰一声撞向了五六米远的月台水泥柱上。

忆娘哭叫着向二傻奔去。她看到，爹的脑壳裂开了，一团团白花花的脑浆滚出来。

"啊!"忆娘仰天悲怆地喊一声,昏厥了过去……

六

在枝柳铁路建设誓师大会上讲完话,李副专员连铁路工地还没有去过一次,就被提拔调到另一个地区当了专员。过几年,又当上了地委书记。不论在什么位置上,李书记都吸取了那板水库的教训,处处稳扎稳打,事事瞻前顾后,讲团结,顾大局,工作上再找不出一点差错。没有差错,当书记又当了多年,就自然而然升到了区里。在区里先是副主席,后是副书记,最后到了人大,仍是副职,升不上去了。李副主任也不想再升,还升什么?都这把年纪了,种花养鸟钓钓鱼,打打太极拳,比什么都享受。

这一天,吃过晚饭,李副主任半躺半靠在电动按摩椅上,一边享受电动按摩,一边剔牙,一边看本市新闻,还一边喊:

"我的茶怎么还不泡好?"

随着喊声,李副主任的太太林广播从厨房端了一杯茶出来,说:

"来了来了。"

林广播把茶递给李副主任,李副主任不接,他坐正了身子,一双眼直勾勾盯着电视荧屏。

电视荧屏里播音员在播一则消息,说昨天晚上火车站发生一起惨剧,一位年过半百的农民扑向已启动的火车,被当场撞死。其女儿目睹父亲被撞死过程,当场昏厥,经过抢救已醒过来。她神志不清,痛哭不已,仍不能接受记者的询问。据警方初步调查,死者为隆西县玉里乡王家坳农民,叫王建国……

随着播音员的播报，电视荧屏出现了被撞死者横卧月台的画面，其女儿掩面痛哭的情景。

李副主任的食指一边敲打靠椅的扶手，一边自言自语：

"王家坳王家坳，王家坳不是王财福家的那个地方吗？按死者的年龄看，我应该认识，像二傻，晚了我一辈，我都认识嘛，可王家坳有个叫王建国的吗？我怎么没有印象？"

林广播指着荧屏，说：

"你看你看，死者穿的这件军大衣，怪眼熟的，那年你送了一件给二傻，就是这个样子的。"

李副主任说："我送过一件军大衣给二傻吗？我怎么就没有这个印象了？"

林广播说："都三十年了，你那个记性，还记得？"

李副主任惊愕，过了好一阵，说：

"不会是二傻吧？"

林广播说："二傻叫王二傻，什么时候变成王建国的？你这个人真是的，三十年了不见你提一提二傻，一提，就说死人是人家二傻！"

李副主任唔了一声，接过茶，呷了两口，顿了顿，把茶杯放到茶几上，拿起了电话。他要秘书小汪明天一早就去了解了解，昨晚火车站被撞死的人有没有别的曾用名。

那年办身份证，乡派出所的户籍警察说二傻的名字太难听，反正是建国初生的，就自作主张，将二傻改为建国。

这么多年来，有谁把二傻叫建国的呢？

非结束语的结束语

第二天一大早，秘书小汪就去了解情况。情况很快了解清楚，他回来和李副主任说，王建国有曾用名，叫王二傻。

李副主任正捧着一杯茶，一听，惊得手一颤，茶水都泼了出来。

当天中午，李副主任及林广播、秘书小汪一行人，来到了殡仪馆，他想看看二傻的遗容，被张华拦住了。张华说她亲家的脑袋变形得厉害，还没有整容，看不得。她还说，她亲家二傻是李主任看着长大的，三十年没见面了仍记着他，实在叫人感动。

张华说完这些话，悲痛欲绝，泣不成声，泪水像断线的珠子，哗哗哗大颗大颗往下掉。她的悲伤毫无虚假做作之虞，在场的人无不为之动容。

李副主任这时也认出了张华，想不到当年那位给他印象很深的漂亮姑娘，南宁女知青张华是二傻的亲家。多少往事，几多感慨，一齐涌到了他心头，忍不住，他一手握着张华的手，一手抚忆娘的头，也老泪纵横起来。

在人们的劝慰中，李副主任和张华好不容易停下了哭。忆娘这时也已从神志不清中清醒了过来。她哽咽着，断断续续叙说了这几十年来她爹的遭遇。说到她爹吹牛坐过火车一事时，李副主任心情变得异常沉重，他当场拍板，坐火车，亲自护送二傻的骨灰回隆西，去王家坳。

二傻生前没坐过火车，死了以后，他的骨灰在火车的软卧里，舒舒服服坐了一晚。

区人大李副主任坐火车送二傻的骨灰回来，惊动了隆西县，地区也惊动了。不要说现在李副主任的职位，就是凭当年李副主任在这两地的老领导身份，也得倾巢而出了。

火车到隆西站是凌晨五点多。隆冬季节里，这时天上不见一丝光亮。寒风夹着雪粒劲吹，凛冽刺骨。隆西站灯火通明，远远望去如一片火海，映红了半个天。一排二十多辆地、县、乡的轿车，早早来到这里，恭候李副主任的到来。

一个普通的农民，郎个会有那么多当官的来送葬呢？王家坳的人百思不得其解。他们津津乐道的不是二傻之死，而是二傻的葬礼为何如此风光无限。隆西县县志办的两个文人，一路跟来，他们头脑清醒、灵活，重笔浓墨记录了这件事。

二傻家的院子里，李副主任手植的泡桐树，干粗如缸，颤颤巍巍站着。冬季里，老叶落尽，秃枝瑟瑟，一派肃杀。李副主任立在树下，五十多年前的事历历在目。忆娘指一虬枝，说她爹小时候，常骑之上，盼李叔到来。李副主任忍不住又一次老泪纵横。他心情沉重，久久不能自拔。看到二傻家的房屋，居然还是他当年常来的那间茅草房，忍不住，"妈那个麻屄"从他嘴里蹦了出来。林广播不满道：

"你这个老李真是的，在公开场合不讲粗话三四十年了，现在又讲了！"

2005 年 4 月 11 日一稿

2006 年 6 月 1 日二稿

2006 年 10 月 25 日三稿

2016 年 6 月 1 日四稿

后　记

桂西在云贵高原的西南麓。这里壮、汉、瑶、苗等十几个民族混居。这些民族中，汉属于后来者，也就是"客家人"。壮则是原著者。原著者一般都比较强势，江河两岸、湖海四周，总之是自然环境稍好的地方，尽为他们所占，容不得他人染指。汉自然明白此理。何况汉大都为躲避战乱或打冤家败后远走他乡而来，惊魂未定，岂有与当地人争地盘的胆魄？故当地汉有"高山汉"之别称。一目了然。可以想象，汉在桂西，居住条件之恶劣。他们躲在深山老林里，几乎与世隔绝。

然而，事情往往不是"从一而终"，生活的苦难越沉重，越压抑，爆发出来的能量越惊人。只要有机会，他们摆脱困境，脱离苦海，重获新生，或者说难听一点，他们"出人头地"的追求，比谁都强烈。再说难听一些，甚至到了不择手段的地步。

其实，这是一种精神！

"高山汉"二傻有没有这种精神？肯定的是，他骨髓里具备了这种精神。他的一生都在追求。可"出人头地"是谁想"出人头地"就可以"出人头地"的吗？他失败了。

现实就是现实。在冷酷的现实面前，精神或许就是一张废纸，抑或要碰得头破血流。

"李叔"是现实吗？不能这么简单画等号。这是一个大隐喻。

希望读者透过纸背，与作者相向而行：忆娘平安一生，逍、遥兄弟俩不再走他们外公的老路！

《中国作家》和花城出版社同时发表和出版该书，借此表示衷心感谢！

孙向学
2016 年 9 月 7 日